读客科幻文库

跟着读客读科幻，经典科幻全看遍。

西岸传奇

1 天赋之力

[美] 厄休拉·勒古恩 著

贺 丹 译

GIFTS

江苏凤凰文艺出版社
JIANGSU PHOENIX LITERATURE AND ART PUBLISHING

图书在版编目（CIP）数据
西岸传奇. 1, 天赋之力 / (美) 厄休拉 · 勒古恩
(Ursula K. Le Guin) 著 ; 贺丹译. -- 南京 : 江苏凤
凰文艺出版社，2024. 9. -- (读客科幻文库).
ISBN 978-7-5594-8744-5
I. I712.45
中国国家版本馆CIP数据核字第2024N3Y879号

西岸传奇 1：天赋之力

[美] 厄休拉·勒古恩 著　　贺　丹 译

责任编辑　丁小卉
特约编辑　武姗姗　张敏倩　尹开心
装帧设计　江冉滢　朱雪荣
责任印制　杨　丹
出版发行　江苏凤凰文艺出版社
　　　　　南京市中央路 165 号，邮编：210009
网　　址　http://www.jswenyi.com
印　　刷　河北中科印刷科技发展有限公司
开　　本　889 毫米 ×1230 毫米 1/32
印　　张　7.5
字　　数　139 千字
版　　次　2024 年 9 月第 1 版
印　　次　2024 年 9 月第 1 次印刷
标准书号　ISBN 978-7-5594-8744-5
定　　价　59.90 元

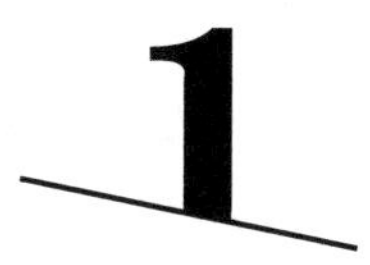

他来我们这里的时候就迷路了，我很担心在他逃走并一路进入高地深处后，他从我们这里偷走的那些银勺子也救不了他。不过到头来，这个迷路的人，这个逃亡者却启发、引导了我们。

歌里管他叫作逃亡者。他第一次来我们这儿的时候，歌里就认准他肯定是做了什么可怕的事情，谋杀，或者是背叛，现在正在躲避仇人的追杀。否则还有什么原因能让一个低地人跑到这儿来呢，跑到我们这儿来？

“无知。”我说，“他对我们一无所知。他不怕我们。”

“他说过那边的人警告过他不要跑到高地的巫师这里来。”

“可是他对灵能一无所知。”我说，“对他来说，那些都只是道听途说，传说，谎言……”

没错，我们俩说得都对。埃蒙确实是在逃，也许只是逃避他理当背负的窃贼的骂名，或者是逃避无聊：他这人一刻也闲不下来，无惧无畏，满怀好奇，毫无章法，活像一条伸着鼻子到处嗅、到处晃荡的小猎狗。回想他说话的口音和措辞，现在我明白了他来自很远的南方，比阿尔伽澜达还要远。在他们那里，关于高地的传说就是——传说，关于遥远北境的古老传闻：邪恶的巫族住在冰封的高山上，做着种种匪夷所思的事情。

假使他相信在丹拿时别人告诉他的那些事情，他就绝不会跑到喀司普罗莽来。假使他相信我们俩跟他说的话，他就绝不会继续深入山地的高处。他很爱听故事，于是就听我们讲，可他并不相信。他是城里人，受过教育，遍游南境。他了解这个世界。而我和歌里，我们俩算什么人呢？我们懂什么呢？一个瞎眼少年，一个阴郁少女，区区十六岁而已，囿于种种迷信，困在与世隔绝、荒凉偏僻的高山农场，还大言不惭地号称这些农场是我们的领地。他一副懒洋洋很可亲近的样子，任由我们大谈特谈我们拥有的强大力量。但是这边厢我们在侃侃而谈，那边厢他看到的却是我们贫瘠穷苦的生活、令人难以忍受的种种匮乏、农场里身体残废的人和智力低下的人，他看穿了我们对这些幽深大山之外的世界一无所知，一边还在心里想着：是哦，他俩的灵能真够了不得的，可怜的乳臭未干的家伙！

我和歌里都很担心他离开我们后会去基里莽。很难想象他也许还在那儿，人没死，但已沦为奴隶，腿扭成了麻花状，或者脸弄成了畸形供艾罗义取乐，或者他的眼睛真的被弄瞎了（我的眼睛可不是真瞎）。因为艾罗义肯定受不了他那懒散样和傲慢劲儿，一个钟头都忍不了。

在他跟我们叨叨不停的时候，我很是费了一番功夫让他不要碰到我父亲卡诺克，不过这只是因为卡诺克没啥耐心，心情郁闷，而不是因为我担心他会没来由地运用灵能。不管是什么情况，不管是埃蒙还是别的什么人，他都不会多加留意的。自从母亲过世之后，他整个人就完全沉浸在了忧伤、狂怒和恨意之中，满脑子都是自己的苦痛和对复仇的渴望。歌里对方圆几英里[1]之内的鸟窝了如指掌。有一次她看到在汐尔陡崖上的一个鹰巢里，一只雄食腐鹰在养育两只丑丑的银白色小鹰，母鹰之前出去给它们觅食时被一个牧羊人打死了。我父亲也是这样子的，一边养育孩子，一边忍饥挨饿。

在我和歌里眼里，埃蒙可是个大宝贝，他像一个发光发亮的生物，进入了我们的阴暗世界。他给我们的辘辘饥肠喂食，我们也在忍饥挨饿。

关于低地的一切，他总是欲言又止，吊着我们的胃口。我

1　英制长度单位，1英里约等于1.6千米。——编者注（本书注释如无特殊说明，均为编者注。）

问的每一个问题，他都会给出一个答案，不过通常都是玩笑性质的，避实就虚，或者干脆就是含糊其词，蒙混过关，有可能是他不想让我们知道他过去的很多事情。而且，他观察事物的眼光也的确不够敏锐，描述起来也说得不甚明了。歌里当我的眼睛时在这两个方面就做得很好。她会非常精准地描述新出生的小牛犊是什么样的：毛皮有些泛蓝，腿上骨节突出，牛角小小的、毛茸茸的。我听完她说的，跟自己亲眼看见也没什么两样。可要是我让埃蒙讲讲鱼藤水城是啥样的，他就只会说那算不上是个正儿八经的城，集市无趣得很。可是我知道，鱼藤水有高大的红房子，幽深的街道。在内河航运的交集处，码头和泊位都修建了板岩的台阶。城里有一家鸟市，一家鱼市，一家香料蜂蜜市场，一家二手旧衣市场和一家服装市场。另外还有大规模的瓷器市集，整个特龙河流域，甚至来自遥远海滨的人们都蜂拥而至。

大概埃蒙在鱼藤水干偷鸡摸狗勾当时碰到过什么不好的事情。

无论什么原因，他更喜欢找我们问东问西，适意地靠着听我们说——主要是我。只要有人肯听，我总是说个不停。歌里一直以来习惯了沉默警醒，但埃蒙可以让她卸下防备。

能遇上我们俩是他的幸运，我怀疑他自己不知道这点，但他很感激我们欢迎他，让他舒舒服服地度过了阴雨绵绵的苦寒冬天。他为我们感到难过。他觉得无聊透顶，这是肯定的。他对一切都特别好奇。

“为什么基里莽那个人的本事那么可怕？”他会问，语气中的怀疑恰到好处，然后我就会尽我所能地让他相信，我说的是真的。然而这些事情人们谈论不多，即使是在有灵能的人之间，大声谈论它们似乎挺别扭的。

“那家人的灵能名为‘扭曲’。”我最后说道。

“扭曲？像某种舞蹈那样吗？”

“不是。”我很难找到合适的词来形容，也很难说出口，“扭曲别人。”

“让他们转圈圈？”

“不。他们的胳膊、腿、脖子、躯干。”我扭动了一下自己的身体，对这个话题感到十分不适。最后我说道：“你见过老贡纳了，就是凸岩山上那个樵夫，我们昨天在大车道上见过他，歌里跟你说了他是谁。”

“整个人都折起来了，跟胡桃夹子似的。”

“那就是艾罗义头人干的。”

“把他折成那样？为什么啊？”

“这是惩罚。头人说抓到他跑到盖尔森林拾柴火。”

过了一会儿，埃蒙说：“风湿病也会造成这样的情形。”

“那会儿贡纳还年轻呢。”

“也就是说你自己其实不知道有那么一回事。”

“不知道。”我说，他那种轻飘飘的怀疑令我挺恼火，“但他记得。我父亲也记得。贡纳跟他说的。贡纳说，他根本就没进到基里莽的地界，只是靠近边界，在我们的树林里。艾罗义头人看见他，大吼起来。贡纳吓坏了，背着柴火就跑。他摔了一跤。等到他想站起来的时候，他的脊背已经折了过来，高高耸起，就像现在这副样子。他老婆说，要是他试图站直，就会痛得大叫。”

“头人是怎么让他变成这样的呢？”

埃蒙从我们这里学到了这个词，他说他在低地从来没听过这个字眼。头人是一片地方的主人，也就是某一支家族的首领、灵能最强的人。我父亲是喀司普罗莽的头人。歌里的母亲是罗德莽巴尔家族的头人，而她父亲是那片地方的罗德家族的头人。我们俩是他们的继承人，是他们哺育的雏鹰。

我犹豫着，不知道要不要回答埃蒙的问题。他的语气倒没有嘲讽的意思，但我不知道对于灵能的威力，我应不应该透露任何信息。

歌里回答了他的问题。“他就是看着那个人。”她用平静的声音说。尽管我目不能视，但每次听到她的声音，总有种轻风拂过树叶的感觉。“用他的左手或手指指着那个人，或许还会说他的名字。之后他会说一两个字眼，也可能更长一点。然后就搞定了。”

“什么样的字眼？”

歌里沉默了，也许她耸了耸肩。“我没有基里家的灵能，”她最后说道，“我们不知道法门。”

“法门？”

“就是灵能怎么发挥。”

“那你的灵能又怎么发挥呢？它能做什么？”埃蒙问她，他没有调笑的意思，但充满好奇，兴致勃勃，“它跟打猎有关吗？”

“巴尔家的灵能是召唤。”歌里说。

“召唤？你召唤啥？”

“动物。”

“鹿？”每个问题后面都是短暂的沉默，就是点点头的时间。我想象着歌里点头时的神情，一脸专注，但板着面孔。“野兔子？——野猪？——熊？——哇，要是你召唤一头熊，而它来到你身边，你会做什么呢？”

“猎人会杀死它，”她停顿了一下，然后说道，“我不会为了狩猎而召唤。”

说这话时，她的声音不再如轻风拂叶，而像吹在石头上。

我们的朋友不明白她的意思，不过她的语气可能吓到他了。

他没有继续朝她追问，而是转向了我："那你呢，奥莱克，你的灵能是——？"

"跟我父亲一样，"我说，"喀司普罗家的灵能叫'消殒'。我不能向你透露任何关于它的事情，埃蒙。请原谅。"

"是你该原谅我的莽撞才对，奥莱克。"埃蒙惊讶地沉默了一小会儿才说，他的嗓音非常温暖，带着低地人的那种殷勤和温和，就像我母亲的声音。在我的蒙眼布底下，我的眼睛发酸，盈起了泪水。

不知道是他还是歌里在我们这边生起了火，火焰的热力再度包围了我的腿，非常舒服。我们坐在喀司普罗莽的石屋的大壁炉房里，在南边的角落，座位都深深地嵌进烟囱侧面的石头。那是一月末的傍晚，天气寒冷。烟囱上面的风呼号着，像巨大的猫头鹰。织娘们聚集在壁炉房的另一边，那里光线好一些。她们偶尔聊几句，要么就哼着长长的纺织歌曲，曲调轻柔，颇为单调，我们三人则在自己这边的角落里继续聊着。

"嗯，那其他人呢？"埃蒙抑制不住地问道，"也许你可以说说他们。其他那些头人，遍布这片高山，住在石头碉楼里，就像这座，在他们的领地上——他们有什么能力？他们的灵能是什么？人们因为什么而害怕他们？"

他的语气里总是有那么一点点半信半疑，而我总忍不住要针锋相对。“柯迪莽那支人里的女人的灵能是致盲，”我说，“或是致聋，或者令人失语。”

“哇，那太可怕了。”他说，那一刻他显得颇为折服。

“柯迪莽家的一些男人也有同样的灵能。”歌里说。

“你的父亲，歌里，罗德莽家的头人——他有灵能吗？还是说全是来自你母亲那边？”

“罗德家的人的灵能是刀锋。”她说。

“什么意思？”

“就是对视线所及的人，以意念为刀，插进对方的心脏或割开他的喉咙，随自己的心意杀死他或让他受伤致残。”

“以奇沃姆所有的子嗣的名义，这个把戏可真不错！完美的灵能！我很高兴你继承了你母亲的灵能。”

“我也是。”歌里说。

他花样百出地引我们说话，而告诉他我的族人有些什么灵能时，我有种掌控权力的感觉，那感觉令我欲罢不能。于是我告诉他奥尔姆一族的灵能，他们能在目之所及、手之所指的任何地方纵火；卡勒姆一族，可以凭言语和手势挪动重物，移屋搬山也不在话下；还有摩加一族，具有内视之能，可以看穿你的想法——不过歌里说，他们看到的是你可能本来就有的病痛或弱点。我们都认同，不管是哪种情况，摩加一族当邻居的话可能都让人不太舒服，不过还不算危险。也正因如此，他们避世遁居，住在北边很远的峡谷，领地颇为贫瘠，外界对他们所知不多，只知道他们擅长养马。

后来，我把自己这辈子听说过的那些大领地的家族全都告诉了他，黑尔瓦莽、泰勃罗莽、博莱莽，都是喀兰塔奇的大家族，盘踞在东北面的山上。黑尔瓦一族的灵能名为清理，与我们族人的灵能相似，因此我没有多说。泰勃罗家和博莱家的灵能叫控制和抹除。泰勃罗家的男人可以夺去你的意志，让你遵循他的意志行事，这就是控制。博莱莽的女人则可以夺人神志，让你成为无知无觉、连话都不会说的白痴，这就是抹除。而且这种灵能跟其他灵能一样，都是只需要一个眼神、一个手势、一个字眼就能发挥效用。

不过对这些灵能，我们也一样是道听途说，跟埃蒙差不多。高地这边没有那些大族，喀兰塔奇家的头人也不会跟我们这些领地较低的家族厮混，不过他们不时冲下山来劫掠奴隶。

“而你们会反击，用你们的刀锋、火焰什么的灵能，”埃蒙说，“我现在明白，你们为什么住得这么分散！……还有你说起过的西边那些人，那个大领地，德拉姆莽，是吧？他们的头人有什么让人不幸的法子？我想趁碰上他们的人之前先了解一下这些东西。”

我没说话。“奥吉头人的灵能是渐损。”歌里说。

埃蒙大笑。他压根儿不知道这不是可笑的事情。

“目前为止最差劲的！”他说，“嗯，我宣布这个称号不再归那个有内视能力的家族了，就是能断定你有什么病痛的那个，毕竟那还算是挺有用的灵能。”

“在面对袭击的时候可不算有用。”我说。

“那你们总是彼此争斗吗，各个领地之间？”

“当然了。”

“为什么呢？”

“要是不斗，就会被人骑到头上，家族血脉从此断绝。”对他的无知，我不无高傲，“灵能的意义就在这里，具备的能力——这样就可以保护你的领地，保证家族血脉的纯净。如果我们不保护自己，就会失去灵能。我们会被其他家族欺负蹂躏，普通人也能高我们一头，甚至连卡拉克——”我突然住了口。话到嘴边的那个字眼让我没法说出口，那是对低地人、没有灵能之人的蔑称，我这辈子从未高声说出这个词。

我妈妈曾经就是卡拉克。在德拉姆莽，他们这么叫她。

我能听到埃蒙用一根棍子在灰堆里戳来戳去，过了一会儿他说：“那这些能力、灵能，是在家族中传承，由父传子，就跟酒糟鼻子会传给儿子一样？”

“还有母传女。”歌里说，我没说话。

“所以你们都必须在家族之内婚配，才能延续家族的灵能。我明白了。如果你没法找个表亲结婚，灵能会消失吗？”

“在喀兰塔奇，这点不成问题，”我说，“那里的土地要肥沃一些，领地更大，人更多。那里的头人领地上可能有十几家同族。在这边，家族规模比较小。如果有太多的人在家族以外婚娶，灵能就会被削弱，但强大的灵能是不变的。母传女，父传子。”

“这么说你跟动物交流的本事来自你的母亲，那位女头人。”——女头人这个词显得挺滑稽——“而奥莱克的灵能来自卡诺克，我不会再追问这个。但你得告诉我，现在你知道我是以朋友的身份问的，你的瞎眼是天生的吗，奥莱克？还是你说的那些巫师，柯迪莽那支人，他们是无缘无故把你变成这样的，还是争执或者袭击的缘故？”

我不知道怎么忽视他的问题，也没办法含糊其词地回答。

“不是，”我说，“我父亲把我的眼睛蒙上了。”

“你父亲！你父亲把你弄瞎的？”

我点点头。

当你身在其中时，能够明白自己的生活就是一个故事，或许这会对你的生活有帮助。不过，认为你知道这个故事会如何发展，或是会怎样结束，这种想法是不智的。故事的发展和结局只有到头来才能知道。

即使故事已经结束，即使那是别人的生活，一百年前的某人，关于其人的故事我已经听过无数次，然而每一次听的时候，我依然抱持希望、心怀恐惧，就好像不知道它会如何结束。我就这样体会整个故事，它也在我身上重演。就我所知，这是战胜死亡的好办法。死亡自以为终结了故事，它不知道，死亡是故事的结局，但并没有彻底完结故事。

你自己的故事中可能也会有其他人的故事，以别人的故事为基础，继续发展。我父亲的盲眼头人的故事，袭击杜奈的故事，以及我母亲讲过的那些关于低地的故事，还有卡姆贝洛国王时期的故事，莫不如是。

每当我想起小时候，我就想到自己走进石屋的大厅，有时坐在壁炉边的位子上，有时在泥地的院子里，或是喀司普罗莽干干净净的马厩；我会在菜园子里，跟我母亲一起摘豆子，或跟她一起待在圆塔楼房间的壁炉旁；我还会跟歌里在外面，在开阔的山野间；我总是处在永远没有尽头的故事的世界里。

石屋门边，阴暗的玄关处，挂着一根粗大的紫杉木杖，切削得很粗糙，但长年累月地用下来，因为握持而光滑黑亮：那是盲眼喀达尔德的。这东西不能碰。我第一次知道这件事的时候，它比我可高多了。我以前会偷偷地去摸摸它，觉得兴奋不已，因为这是禁忌，是一个谜。

我还以为喀达尔德头人是我父亲的父亲，因为据我了解，那是很久以前的事情。我知道祖父名叫奥莱克。我的名字就是随他的。因此在我脑海中，我一直以为父亲有两个父亲。对此我不觉得违和，反倒觉得挺有意思。

我跟父亲在马厩，照料马儿。他不放心手下的人照管马，在我三岁的时候就训练我帮他看马。我站在一只梯凳上，给那匹红棕色的母马刷毛，把冬天换的毛梳下去。父亲在隔壁的马厩，打理那匹灰色的高大种马。我问他：“你为什么只让我随了你的一个父亲的名字？”

“我只有一个父亲，”父亲说，“与大多数值得尊敬的人一样。”他不常笑，不过我看到他牵了牵嘴角。

“那谁是喀达尔德头人？”——不过他还没回答，我就反应过来了——“是你父亲的父亲！”

“我父亲的父亲的父亲的父亲。”卡诺克说。他从灰鳖身上清理出一大堆冬毛，还有尘土和干了的泥巴，烟尘飞扬。我对着母马罗安妮的侧面边拽边拍，把毛梳下去，结果眼睛鼻子嘴巴里全是脏东西。罗安妮的侧腹露出了一小块鲜亮的红色的春季毛皮，跟我的手差不多大，它满意地低声嘶鸣。它像只猫儿一样，要是你摸摸它，它就会靠过来。我使足了劲把它推开，继续干活儿，想把那块鲜亮的地方再扩大一点。父亲太多，我脑子有点晕。

我自己的那匹马来到这匹母马的马槽前，擦着脸，站在那儿看着我。我继续干活儿，成心炫耀，把马梳推得老远，其实效果不好，但我父亲对此没说什么。他说：“喀达尔德的灵能是我们家族中最高的，西部群山中任何家族都比不上。这是我们家族获得的最大灵能。我们的灵能是什么，奥莱克？”

我停下手里的活，小心翼翼地从凳子上下来，因为凳子对我来说太高了，要迈很大一步，然后我站在那里面对着父亲。只要他喊到我的名字，我就要站起来，站得笔直，面对着他：我从记事起就一直是这样的。

“我们的灵能是消殒。”我说。

他点点头。他对我总是很温和。我对他并无惧意。遵从他的话虽然很难，很紧张，但让我有种愉悦感。他的满意对我来说就是奖励。

“那是什么意思？”

我照着他教我的话：“意思是消除、毁灭、摧毁。”

“你见过我使用这种灵能吗？”

“我见过你把一个碗弄得粉碎。”

“你见过我将这种灵能用在活的东西上吗？”

“我看到过你让一根柳枝软塌下去，变成黑色。”

我希望他停下来，不过已经说到这里，这些问题就停不下来了。

“你有没有见过我把这种灵能用在活的动物身上？”

“你把一只……把一只老鼠弄死了。”

“它是怎么死的？”他的声音平静，冷漠无情。

那是在冬天。在院子里。一只被困住的老鼠。年幼的老鼠。它跑进了接雨水的桶里，爬不出来，负责清扫的达莱最先发现它。我父亲说：“过来，奥莱克。”我走过去，他说道：“别动，看着。”于是我就站在那里看着。我伸长了脖子，这样才能看见老鼠在桶里半满的水中扑腾。我父亲站在桶边，居高临下，冷静地盯着它。他抬了一下手，左手，说了句什么，又像是急促地呼了口气。老鼠抽搐了一下，浑身一抖，然后就漂在水面上了。我父亲用右手把它捞了出来。它直挺挺地躺在他手上，已经不成形，像一块湿抹布，没了老鼠的样子。但我看到了它的尾巴，还有尖爪。“摸摸看，奥莱克。”他说。我摸了一下，感觉很软，没骨头，薄薄的、湿乎乎的皮像个小口袋，里面的肉没装满。“这就是消殒。”我父亲说，他的眼睛盯着我，那个时候我对他的眼睛感到害怕。

“你消殒了它。”这会儿在马厩里，我说道，觉得口干舌燥，害怕父亲的眼神。

他点点头。

“我有那样的灵能，”他说，“你也会有的。你会逐渐发展出这种灵能，我会教你怎么使用。你怎么运用自己的灵能？”

“用眼睛和手，还有呼吸和意志。”我说，这是他教过我的。

他满意地点点头。我放松了一些，但他却没有。考验还没结束。

“看着那团毛，奥莱克。”他说。我脚边的地上有一团满是泥的打结的马毛，旁边散落着一点点稻草。那是红棕色母马鬃毛里的，我把它理了出来，拂到地上。一开始我还以为，父亲要责备我把马厩的地弄脏了。

“看着它。就盯着它。不要看别的东西。眼睛紧紧地盯住。”

我照做了。

“手动一下——像这样。”他来到我身后，轻轻地抬起我的左臂和左手，非常小心，直到并拢的手指指向那团泥巴和马毛。“这样举着。现在，跟着我念。用气息，不要发出声音。说。”他低声念了一句话，我不懂是什么意思，只是跟着他念，做着他刚才给我摆的手势，一直盯着那团毛。

有那么一会儿，什么也没动，一切都还是老样子。然后罗安妮呼了口气，动了动蹄子，我听到马厩门外的风吹过，地上那团泥乎乎的马毛动了一下。

“它动了！”我叫起来。

“是风吹的。”我父亲说。他的声音很温和，带着一点笑意。他换了个姿势，活动了一下肩膀。“等等吧。你还没到六岁呢。”

“你来吧，父亲，”我瞪着那团马毛说，半是兴奋，半是愤怒，有种想要报复的心情，“你来消殒它！”

我几乎没看见他有什么动作，也没听到他的气息。地上那团缠结的马毛伸展开，变成了一堆尘土。那里别无他物，只剩下几根长长的、红棕色的毛。

“你会有灵能的，”卡诺克说，“我们家族的灵能很强，但喀达尔德是最强的。坐这儿。你这个年纪也该知道他的故事了。”

我坐在梯凳上。我父亲站在马厩门边，他的身形瘦削挺拔，皮肤黧黑，光着腿，穿着结实的黑色高地人短褶裙和外套。他在马厩里沾了一脸的灰尘，眼睛又黑又亮。他的手也满是脏污，但强健灵巧，十分稳定，没有丝毫的不安。他的声音平静，意志坚定。

他给我讲了盲眼喀达尔德的故事。

“在我们家族中，喀达尔德是最早展露灵能的，除了喀兰塔奇的伟大家族，其他人都赶不上他。三岁时，他只要看一眼他的玩具，就能让玩具四分五裂，只要一个眼神就能解开绳结。四岁时，一条狗扑向他，把他吓到了。他用自己的灵能对付那条狗，消殒了它，就像我消殒那只老鼠。”

他停顿了一下，我点点头。

“用人们都怕他，他母亲说：‘虽然他的意志还是个孩子，但他对我们所有人都很危险，甚至对我也一样。’她也是我们族里的，她和丈夫奥莱克两人是表亲。奥莱克听了她的警告。他们用一条布带蒙住这孩子的眼睛三年，这样他就不能运用眼神的力量。在这期间，他们教他、训练他，就像我教你、训练你一样。他学得很好。由于完全的服从，他得到了奖励，就是能重见天日。他非常小心，只把自己的超群灵能拿来练习，用在没有用或是没有价值的东西上。

“他小时候只有两次显露过力量。有一次是德拉姆莽的头人四处劫掠牲畜，他们邀请他到喀司普罗莽，让他见识了当时十二岁的喀达尔德消殒一群大雁。他仅仅是一眼望去，做了个手势，那群大雁就从空中掉了下来。他还面带微笑，好像要取悦客人似的。‘眼神真利。’德拉姆莽的头人说。他没有劫走我们的牲畜。

“还有一次是喀达尔德十七岁的时候，从喀兰塔奇来了一群战士，领头的是泰勃罗莽的头人。他们的目的是劫掠人口，去他们新开垦的领地劳作。我们的族人跑到石屋这里躲避，害怕被他夺去神志，只能跟随头人，毫无自己的意识，替他劳作到死。喀达尔德的父亲奥莱克希望在石屋这里抵御对方的侵袭，但喀达尔德没有告诉父亲他的打算，只身出门。他藏身在森林边缘，接连探查高地人，而他只要看到他们，就将他们消殒。”

我看见过那只老鼠。那只是一堆软塌塌的皮。

“他任由其他的高地人发现这些尸体。之后，他持着和谈的旗子走了出来，在山麓面对着长界石，独自一人。

“他朝劫掠者喊道：‘这是我在一英里以外造成的，甚至更远。’他隔着山谷朝对方喊话，而对方站在巨大的界石后面。‘石头不能从我的手下护住你们。’然后他摧毁了一块立着的界石。泰勃罗莽的头人就躲在那块石头后面。石头碎成了渣渣。‘我的眼睛很厉害。’喀达尔德说。

“他等着对方回应。泰勃罗莽的头人说：‘你的眼睛很厉害，喀司普罗人。’喀达尔德说：‘你们是来这儿找仆役吗？’对方说：‘我们需要人手，是的。’喀达尔德说：‘我送你两个我们的人，替你干活，但只作为仆役，不能被剥夺意志。’对方的头人说：‘你很慷慨。我们愿意接受你的馈赠，遵守你的条件。’喀达尔德回到家里，找了我们领地里不同农场的两个年轻奴隶。他带他们去见那些高地人，把他们交给了对方。然后他对泰勃罗莽的人说：‘现在回你的高地去吧，我不会跟着的。’

“他们走了，从那天起，他们再没从喀兰塔奇向西前来我们的领地劫掠。

“就这样，巨眼喀达尔德之名在整个高地流传。”

他停下来，让我想想自己听到的东西。过了一会儿，我抬起头，想看看能不能问问题。貌似可以，于是我问了自己想知道的——“我们领地的那两个年轻人愿意去泰勃罗莽吗？”

“不愿意。”我父亲说，“喀达尔德也不想把他们送去侍奉别的主人，损失这两个劳力。但只要显露了灵能，就必须送出赠礼。这很重要。要记住。说说我刚才怎么说的。”

“要是显露了灵能，就要送出赠礼，这很重要。”

父亲点头赞许。“灵能就是天赐之礼。”他说，声音低沉而冷漠。

“后来，过了一阵子，老奥莱克就跟妻子和一些族人搬到了高处的农场，把石屋留给了喀达尔德，于是他成了头人。整个领地欣欣向荣。据说那时候在石丘一带，我们有上千头羊。我们的白牛也很有名。杜奈和丹拿都有人过来想买我们的牲畜。喀达尔德娶了德拉姆莽巴尔家族的一个姑娘，叫瑟梅丹，他们举行了盛大的婚礼。德拉姆莽的头人本来想为自己的儿子求娶，但就算他再怎么有钱，瑟梅丹还是看不上，她嫁给了喀达尔德。西边所有领地都有人前来参加婚礼。”

卡诺克停顿了一下。那匹红棕母马朝他甩着打结的尾巴，他拍了马屁股一巴掌。马儿动来动去地蹭着我，想让我回去给它把缠结的地方梳顺。

“瑟梅丹有她那一族的灵能。她与喀达尔德一同去打猎，替他召唤鹿、麋鹿和大雁。他们生了个女儿，叫阿萨尔，还有个儿子叫卡诺克。一切都很好。但过了几年，有一年冬天气候很差，夏天又干冷，牲畜没草吃。庄稼歉收。我们的白牛遭了瘟疫。最好的牲畜在一季之中全死了。领地上的人们也都患了病。瑟梅丹生下一个死胎，后来病了很长时间。干旱持续了一年，然后又是一年。一切情形都在变坏，但喀达尔德束手无策。他的灵能对这样的事情无能为力，因此他非常愤怒。”

我看着父亲的脸。他讲述这些的时候，满脸的悲痛、失望和愤怒。他明亮有神的眼中只有他在讲述的事情。

“由于我们的不幸，德拉姆莽的人变得傲慢无礼，他们总是来这边抢劫偷盗。他们从我们西边的牧场偷了匹好马。喀达尔德追着那群偷马贼，在他们回德拉姆莽的半道上截住了他们。盛怒之下，他没有控制自己的灵能，把那群人全消殒了，一共六个人，其中有一个是德拉姆莽头人的侄子。德拉姆莽的人不能要求血债血偿，因为那帮人偷了东西，人赃并获。然而我们两方领地之间却因此仇恨更深了。

“在那之后，人们越发害怕喀达尔德的脾气。如果一条狗不听他的，他就会消殒它。如果他打猎时没打中猎物，他就摧毁猎物隐藏之处的所有灌木丛，让它们变得焦黑，毁于一旦。在高处的牧场那边，一个牧羊人对他说了些不敬的话，喀达尔德一怒之下就把那人的胳膊和手弄没了。小孩子们对他已经是闻风便走。

“时世不好，争吵也多。喀达尔德让妻子去为他召唤猎物。她拒绝了，说自己身体不舒服。他命令道：‘走。我必须去打猎，家里没有肉了。’她说：‘那你去呗。我不去。’她转身走了，带着她喜爱的一个女仆。那个女孩子才十二岁，帮她照看孩子。然后喀达尔德涌起怒火，走到她们面前，说道：‘照我说的做！’他用眼神、手势、呼吸和意志，袭击了那个女孩。她当即倒下，被消殒、摧毁了。

“瑟梅丹哭喊着跪在女孩身边，发现她已经死了。随后她站起来，面对着喀达尔德。‘你是不敢碰我吗？’她轻蔑地说。喀达尔德怒不可遏，一击之下，她也倒下了。

“房子里的人们站在那里，看到了这一切。孩子们哭着要找妈妈，抽泣不已，女人们拉住了他们。

“后来，喀达尔德走出大厅，来到妻子的房间里，没有人敢跟着他。

“他回过神来，意识到自己做了什么，也明白了应该怎么办。他不相信凭自己的力量能控制自己的灵能，因此他把自己的眼睛弄瞎了。”

卡诺克第一次给我讲这个故事时，他没有说喀达尔德是怎么弄瞎眼睛的。我那时太小，对这个可怕的故事害怕不已，同时迷惑万分，已经不知道要追问或者思考这个问题。后来我长大一些了，我问喀达尔德是否用了匕首。没有，卡诺克说。他用灵能消殒了自己的灵能。

瑟梅丹有一面玻璃镜子，镶着银框，形状像一条跃起的鲑鱼。以前从杜奈和丹拿远道而来买牲畜和毛织品的商人有时会带些这类新奇玩意儿。结婚第一年，喀达尔德用一头白牛换了这面镜子，送给年轻的妻子。这会儿他把镜子拿在手里，朝镜子里望去。他看见了自己的眼睛。凭着手势、呼吸和意志，他用自己的眼神摧毁了自己的眼睛。玻璃碎裂，他从此瞎了。

没有人因为他妻子和那个女孩遇害而向他寻仇。尽管眼瞎了，他依然是喀司普罗莽的头人，直到他培养儿子卡诺克学会了运用灵能。后来卡诺克当了头人，而盲眼喀达尔德去了高地农场，在那里与牧牛人生活在一起，直到去世。

我不喜欢这个故事如此悲伤又如此可怕的结局。我第一次听到这故事的时候，很快就把大部分结局抛到脑后。不过我喜欢开头的部分，那个男孩有着强大的力量，连他的亲生母亲也害怕，还有那个勇敢的年轻人，只身抗敌，救了整个领地。当我独自去荒野山地时，我就假装自己是巨眼喀达尔德。我无数次地想象自己唤来高地人，朝他们喊道："这是我从一英里以外干的！"——然后击碎他们藏身其后的大石头，让他们狼狈万状地回去。我记得父亲怎样举起我的左手，摆出手势，也一次次地站在那里，眼睛直盯着一块石头，摆出同样的手势——但我不记得他在我耳边悄声念出的词语，如果那是词语的话。用气息，不要用声音，他是这么说的。我差不多都能记下来了，然而我听不到它是怎么发音的，也感受不到我的嘴唇和舌头怎么做出那样的形态，即使它们曾经形成过。很多次我差点就说了出来，然而还是没说出来。然后我不耐烦地从牙缝中挤出一些没有意义的字眼，假装那石头移动了、炸成了碎片、化作尘土和碎块，高地人在我面前退避畏缩，我说道：“我的眼睛很强！”

然后我会瞪着那块大石头，有那么一两次，我很确定石头上出现了之前没有的碎片或裂缝。

有时我演够了巨眼喀达尔德，就会假装自己是他送给高地人的两个小农奴之一。我凭着自己的智计和对森林的熟悉逃了出来，摆脱了追兵，把追赶我的人引到了沼泽里。我知道那些地方，但他们可不知道。就这样，我回到了喀司普罗莽。一个农奴要是都逃出了泰勃罗莽，为什么还想回到喀司普罗莽为奴？这我就不知道了。我从没想过这个问题。很可能这就是这样一个男孩会做的事情：他要回家。我们农场里的人和牧人的生活跟我们这些住在石屋里的人是一样的。我们的命运是一体的。他们世世代代追随我们并不是出于对我们灵能的恐惧，而是我们的灵能保护了他们。他们恐惧的是未知的东西，而依附的是他们所知的东西。如果我被敌人抓走之后逃脱了，我知道自己会去哪里。我知道，无论是整个高地，还是我母亲给我讲过的广阔、明亮的低地世界，没有哪个地方能让我产生同样的热爱，像我热爱喀司普罗莽光秃秃的山丘、稀疏的树林、岩石和沼泽那样。我深知这一点。

我父亲给我讲过的另一个伟大的故事是关于袭击杜奈的，我喜欢那个故事的所有内容，因为它的结局是最好的。在我看来，我就是这个故事的结局。

我父亲当时还年轻，要娶亲了。在柯迪家和德拉姆家的领地，也有我们这族人。我祖父费了很大的力气，跟柯迪家保持良好的关系，也试图消弭喀司普罗和德拉姆家族之间以前那些恶意。他不参加对这两个家族的劫掠行动，也不让族人从这两个家族盗牛偷羊。这是出于对在那些领地的亲戚的情谊，也因为他希望自己的儿子能从这两个家族中娶个媳妇。我们的灵能是父子相传，但没有人怀疑，血统纯正的母亲会加强灵能。我们自己的领地之内没有纯正血统的姑娘，于是家族将目光投向柯迪莽，那里有一些我们家族的年轻男子，但未婚女子只有一个。她比卡诺克大二十岁。这样的联姻已经很常见了——只要能“保持灵能”，什么都可以。然而卡诺克却犹豫了，还没等奥莱克强令此事，德拉姆莽的头人奥吉给自己最小的儿子定下了那位姑娘。柯迪一族在奥吉的控制之下，把那个姑娘给了他。

这样一来，就只能在德拉姆莽的喀司普罗族人中寻找血统之内的适婚女子。那里有两个姑娘，如果能再长几年，本来可以具备足够的灵能。要是能嫁回亲族的领地，她们本来也会很乐意的。然而奥吉头人还深深地记着德拉姆家族和喀司普罗家族的旧怨。他拒绝了奥莱克的提亲，对他开出的聘礼冷嘲热讽，在那两个女孩子十四岁和十五岁的时候就将她们嫁了出去，一个嫁给了一名农夫，另一个嫁给了奴隶。

这是故意羞辱那两个女孩，以及她们的血统世系，更过分的是，这是故意削弱我们的灵能。各个领地上的人都不能苟同奥吉的傲慢无礼。灵能之间的公平比试是一回事，不公平地攻击灵能本身则是另一回事。然而德拉姆莽实力非常强大，奥吉头人在自己的领地上为所欲为。

因此，卡诺克没法同具有喀司普罗血脉的女子结婚。他对我说：“奥吉给我省了事，不用娶柯迪莽那个老女人，也不用娶德拉姆莽那两个长得跟鸡崽似的女孩子。于是我对父亲说：‘我要去打劫。’”

奥莱克还以为他的意思是去突袭格伦家族，或是进入北边的摩加莽，那里的好马和美女都很有名。然而卡诺克有着更大胆的想法。他召集了一队人马，有喀司普罗莽的年轻农民、柯迪莽的几个喀司普罗族人，还有特诺克·罗德，以及来自几个领地的其他年轻人，这些人觉得干点儿抢农奴或劫掠财物的事是个好主意。五月的一个早晨，他们在汐尔陡崖下的路口集合，沿着窄窄的小道，骑马向南驰去。

七十年来都没有劫掠过低地了。

农民们穿着硬邦邦的厚皮上衣，戴着青铜盔，带着长矛、短棍和长匕首，以备血战之用。具备灵能血统的男人穿着黑毡褶裙，光腿光头，长长的黑头发编成辫子，跟棒子一样。他们只带一把猎刀，还有自己的眼睛，此外别无武器。

“看到我们这群人，我真希望自己先去偷了摩加的马，”卡诺克说，“本来我们这队伍挺壮观，只不过大多数人骑的马不怎么样。我骑着国王，”——那是罗安妮的父亲，我只能想起它是匹高大的红色马儿——“但特诺克骑着匹拉犁的马，嘴唇耷拉着，而巴尔托只有一匹瞎了一只眼睛的花斑马。不过骡子倒还不错，是我父亲养的三匹好骡子。我们牵着它们。它们是用来驮战利品的。”

他笑了起来。说起这个故事的时候，他总是很愉快。我想象着那支小队伍，那群一脸冷酷、眼神明亮的年轻人，骑着步履沉重的马儿，鱼贯而行，嗒嗒地走在长满了草又遍布着石头的狭窄小路上，走出高地，朝下面的世界而去。要是他们回头看，就会看到背后的艾恩山高高耸立，还有灰色峭壁的巴里克山，最后是高出所有山峰的喀兰塔奇山，山顶是白色的，山形巨大。

在他们的前面，极目望去是一片长满草的山丘——“绿得像绿宝石一样”，我父亲说，他仿佛看到了记忆中那片空空荡荡的丰饶土地。

他们骑行了一天，没有遇到一个人，无论是人还是牛羊都毫无踪迹，只有鹌鹑和盘旋的鹰。低地人在自己的地盘和山民之间留出了很大的空地。一行劫掠者骑行了一整天，拜巴尔托那匹半瞎的马所赐，他们的速度很慢，在一处山麓扎营。第二天快到中午的时候，他们才开始看到用石头围起来的山丘上有绵羊和山羊；随后是远处的一座农舍，还有溪谷边的磨坊。小路渐渐变成了车道，又变成耕地之间的大路，然后，在他们面前，洒满阳光的山坡上，红色屋顶的房子炊烟缭绕，那就是杜奈城。

我不知道父亲他们本来打算以什么方式劫掠——是像战士那样突如其来、迅猛地攻击惊恐万状的镇民，还是大摇大摆地进城，在令人畏惧、不可思议的灵能威胁之下，让人们去执行他们的要求。无论他设想的做法是怎样的，当他到了那儿时，他带着一行人进了城，走到大街上，他们没有疾驰而入，挥着武器高呼大喊，而是安静地排着队。就这样，他们混在集市日的人群畜群、马车和马儿中间，无人注意。直到他们来到中央广场和集市上，突然有人看到了他们，开始高叫：“高地人！巫民！”然后一些人奔跑躲藏，或者关门上闩，还有人赶着收拾集市上的货物，一拨人想逃走，还有一拨人赶来看热闹，两边撞在一起，场面一片惊恐、混乱万分。货摊掀翻在地，遮篷拖在地上，受惊的马儿乱撞乱踩，牲畜高叫不已，喀司普罗莽的农夫们朝渔婆和锡匠挥着长矛短棒。忙乱之中，卡诺克召唤着他们，没有用他的灵能去威胁镇民，反倒是威胁起了自己的手下，直到他让所有人都集合到他身边，其中一些人还顽固地抓着从集市货摊上顺手牵羊的东西不放——一条粉色的披肩，还有一只铜制的炖锅。

他对我说：“我估计，要是在血战之中，我们就死定了。他们有成百上千人——成百上千！”

他怎么可能知道城里是什么样？他从来没见过。

“如果我们跑进房子里去抢东西，我们就会分散，他们会逐个对付我们。只有特诺克和我的灵能足够强，可以用来攻击或自保。而且我们要抢点什么呢？东西太多了，到处都是——吃的、货物、衣服，根本没个完！我们怎么可能把这些都带走？我们想要的是什么？我想找个老婆，但我没料到会是这个样子。那边的情形是这样的。我们在高地真正需要的唯一一样东西就是干活儿的人手。我知道，要是我不吓唬吓唬他们，这些人很快就会一拥而上。于是我举起示意谈判的旗子，希望他们知道这是什么东西。他们确实知道。市集边上的大房子里，一些人从窗户探出身来，挥着一块布。

“然后我叫道：‘我是卡诺克·喀司普罗，乃是喀司普罗莽的正统世系，我有消殒的灵能之力，我会给你们展示。’我先是击中了市集上的一个摊子，让它四分五裂。然后我转了半圈，确保他们看到我做了什么、怎么做的，我击中了他们所在的房子对面的一座高大石头建筑的墙角。我稳稳地伸着胳膊，好让他们看清楚。他们看到那幢屋子的墙壁摇晃，鼓了起来，石块从墙上掉下，在墙上形成一个洞。那个洞越来越大，里面成袋的粮食爆开来，石头往下掉的声音很可怕。

“‘够了，够了！’人们叫道。于是我停下消殒粮仓，再次转身对着他们。他们想谈判，问我想要什么，我说：‘女人和男孩。’

“听了这话，人群发出惊人的怒吼。周围所有街上和房子里的人全都叫道：‘不！不！杀了这些巫师！’他们人太多了，叫喊的声音像一阵狂风。我的马跳起来嘶鸣。一支箭划伤了马屁股。我抬头看到先前示意要谈判的那帮人上方的一个窗口，见一个弓箭手极力从窗口探出身子，正再度拉开弓。我击中了他。他整个人像只布袋子一样从窗口落到下面的石头上，摔得四分五裂。

“随后我又看到集市上的人群边缘有个人，弯着腰走过来，手里拿着块石头，我击中了他。我只弄断了他的手臂。它掉在他的身侧，软绵绵的跟条绳子一样。那人尖叫起来，先前那个弓箭手掉下的地方也有人悲号恐慌。‘谁动我就灭掉谁！’我高声喝道。于是没人敢动了。”

谈判的时候，卡诺克让手下的人紧跟在他身边。特诺克替他照应背后。在他的威胁之下，代表镇民谈判的人同意给他五名女奴和五个男孩。他们开始提出，需要时间筹到这些所谓的贡品，但卡诺克不同意。“把他们送到这儿来。马上。我们会选择我们想要的。”他说，并稍稍抬起了左手。看到这一幕，对方同意了他的要求。

然后是一段对他来说似乎极其漫长的时间，周围街道上的人群退去了一些，之后又多起来，逐渐靠近，而他别无选择，只能坐在自己那匹流着汗的马上，敏锐地留意有没有弓箭手和其他威胁。最后，一小群一小群可怜巴巴的男孩和女人从不同的街道被人驱赶着来到市集上，三三两两的，一边抽泣，一边哀恳，有几个甚至手足并用地在地上爬，被人鞭打脚踢地赶着。总共有五个男孩，没有一个超过十岁，还有四个女人：两名吓得半死的小女奴，还有两名年纪大些的女人，穿着污渍斑斑、散发着臭味的衣服。这两个年纪大些的是自己走来的，没有人赶着。或许她们觉得，就算跟巫人一起生活，也不可能比充当皮革匠的奴隶更惨。除此之外就没有了。

卡诺克觉得，坚持要好一些的对象以供挑选是不明智的。如此众寡悬殊之下，他在这儿待的时间越久，就越有可能出现被人群里某个人一箭或者一石头打中的事情，然后人群会把他们全都撕成碎片。

不过，他也不会被这帮商人哄过去。

“只有四个女人。”他说。

谈判的人叽叽歪歪地争辩着。

他的时间有限。他扫视整个市集，还有周围的大房子。在转角处一幢窄房子的窗户上，他看到一张女人的面孔。那女人穿着柳青色的衣服，他先前也留意到了。她没有躲藏，而是直接站在窗口，看着下方的卡诺克。

“就她。”他用手一指说道。他是用右手指的，但人们全都倒吸一口气，向后退去。看到这番景象，他笑了起来。他慢慢地移动右手，扫过围观的人群，假装要消殒所有人。

拐角处的门开了，那个柳青色衣裳的女孩子走出来，站在台阶上。她年纪不大，个子小小的，很瘦。她长长的黑头发披散在绿色的长袍上。

“你愿意当我妻子吗？”卡诺克对她说。

她站得笔直。“行。”她说道，慢慢地穿过残破的市集走向他。她穿着系带的黑色便鞋。他俯身朝她伸出左手。她踏上马镫，卡诺克手上发力，将她拉上马鞍，坐在他身前。

“骡子和鞍具归你们了！”他朝镇民喊道，想着这是显露灵能后的礼物。鉴于他那么穷，那可算是份大礼，不过杜奈的人们很可能觉得这是他临走前的傲慢之举。

他的手下各带了一名奴隶共骑。就这样，他们出发了，安静地骑着马，鱼贯而行，在一片沉默中，他们逐渐远离了人群，穿过街道，走出屋墙之间，上了北边的大道，看到了前方的群山。

喀司普罗莽对低地的最后一次劫掠就这么结束了。卡诺克和他的新娘子都再也没有走上过那条路。

她名叫梅乐·奥利塔。她所有的东西就是身上那件柳青色的衣裳，脚上穿的黑色便鞋，还有脖子上挂了条银链子，上面有一块小小的蛋白石。这些就算是她的嫁妆了。卡诺克把她带回石屋后过了四个晚上，他们就成亲了。他的母亲和家里的女佣准备了新娘子该有的衣物和其他东西，尽管十分匆忙，但仍充满了善意。奥莱克头人在石屋的大厅为他们主婚，当日一同去劫掠的所有人都在场，还有喀司普罗莽的所有人，以及从西边各个领地前来，愿意在婚礼上尽情跳舞的任何人。

“在那之后，”父亲讲完这个故事，我说道，“妈妈就生下了我！”

*　*　*

梅乐·奥利塔在鱼藤水出生，也在那里长大，她父亲是本德拉曼当地宗教的祭司兼治安官，她在家里五个姊妹中排行第四。祭司兼治安官的职级颇高，他与妻子生活优裕，在闲适和奢华中教养女儿长大，但家教严厉，因为当地宗教要求妇女要谦逊、贞洁、顺从，不顺从者则要告解赎罪，饱受羞辱。阿迪尔德·奥利塔是个慈和宽厚的父亲。他对女儿们最大的期望就是她们能成为神庙的侍神处女。梅乐学习了读书写字、一些数学、大量的神圣历史和诗歌，还有一些城市测绘和建筑学的知识，为那个荣耀的职业做准备。她喜欢学习，也是个出色的学生。

然而在她十八岁时，事情的发展偏离了既定路线，发生了某些事情，具体是什么我不得而知，她从未说过，只是微笑着略过那件事。也许是她的家庭教师爱上了她，而她因此受到苛责；也许她有了心上人，偷偷出门去约会；也许是比这还小的事情。申请进入神庙的处女不能有一丝一毫的丑闻，整个本德拉曼家族的兴盛都系于侍神处女的纯洁。我曾经猜想，梅乐是不是有意策划了一点小小的丑闻，就是为了逃避神庙。无论如何，她被送到了北边的远房表亲家，在偏远的农村小镇杜奈。那些表亲也是值得尊敬的正派人，把她看得很紧，同时与当地家族商讨谋划，想替她找个合适的丈夫，并把议亲的人带来相看。

“其中有一个，”她说，“是个矮胖子，鼻子是粉红色，那人是走私猪的。另外一个男孩高高瘦瘦，每天祈祷十一次，每次一小时。他想让我跟他一块儿祈祷。”

于是她望着窗外，看见喀司普罗莽的卡诺克骑在他那匹红色牡马上，一个眼神就能杀人毁屋。他选择了她，而她也选择了他。

“你怎么叫你那些表亲同意你走的？”我问道，其实我知道答案，已经在提前享受那种快感了。

“他们全都趴在地板上，在家具下面，好让那个巫族战士看不到他们，不会熔掉他们的骨头或者杀死他们。我说道：‘别害怕，表兄。老话不是说过吗，纯洁的处女当拯救其家室财货？’然后我就下楼走出去了。”

“你怎么知道父亲不会殒灭你呢？”

“我就是知道。”她说。

* * *

卡诺克纵马驰出群山，还以为杜奈跟我们的村子差不多，而梅乐对自己要去的地方、要过的日子也同样没什么概念。我们这儿的村子就是几座小屋或者茅舍，一个牛栏，八九个人住着，全都出去打猎了。没准她本来以为，自己去的地方跟她父亲的宅子没多大差别，或者至少也跟她家亲戚的房子差不多，干净、温暖、明亮，仆役众多，不乏温馨。她怎么可能知道？

在低地人心目中，高地是受到诅咒、被人遗忘的角落，他们在很久以前就弃之而去了。他们对高地一无所知。如果是好战的民族，或许会派军队上去，清除这些可怕可憎的过往遗迹，但本德拉曼和俄尔岱欧的土地上多的是商人、农夫、学者和祭司，没有战士。他们只不过是将群山抛诸脑后，遗忘了它们。我母亲说，即使在杜奈，很多人也不再相信喀兰塔奇人的传说——成群的妖魔鬼怪，朝着平原上的城市席卷而来，他们是马背上的怪物，挥手之间就能点燃整片田野，眼神一瞥就能打垮整支军队。那都是很久以前的事了，“那会儿卡姆贝洛还是国王”。这年头再没有那样的事情。有人跟她说，人们曾经从杜奈换得优质的乳白色高地牛，但那个种群几乎灭绝了。高地的土地极其贫瘠。没有人住在老的高地领地，只有贫穷的牧人和羊倌，还有在石头缝里刨食的农民。

结果，我母亲发现，那些传说都是真的，或者很大一部分是真的。

但在我母亲看来，事情的真相有很多种，就像故事也可以有很多。

我们小时候，她讲的所有故事里的冒险都发生在“卡姆贝洛还是国王的时候”。勇敢的年轻祭司兼骑士击败了化形为巨犬的恶魔，喀兰塔奇那些可怖的巫族，口吐人言的鱼警告地震将会发生，乞丐女得了辆月光做成的飞车，这些全都是卡姆贝洛当国王的时代发生的事。除了那一个故事，其他的故事压根儿与冒险无关，而那一个就是她自己踏出一扇门、穿过市集的故事。故事的两条线在那里交会，两种真相碰到了一起。

她讲的那些无惊无险的故事就只不过是描绘低地某个闷沉沉的国家里，一个中等城市中，保守古板的家庭里那些平淡枯燥的琐事。我也很爱听那些故事，甚至超过对冒险故事的喜爱。我要求她讲那些故事：讲鱼藤水的事！我觉得她喜欢讲那些故事，不仅是为了逗我开心，也是为了挑起和安抚她自己的思乡之情。她一直是身处异乡人之中的异乡人，无论她多么爱这些人，也备受这些人的尊崇热爱。她过得很快活，充满喜悦，活力十足，充满了生命力；但我知道，她最幸福的时候之一就是在她的起居室，塔楼上那种圆形的房间里，抱着我坐在小壁炉前的毯子和垫子上，给我讲鱼藤水的集市上都卖些什么。她讲了她和姐妹们曾经偷偷地看父亲全副装扮，穿上祭司兼治安官那套紧身衣、垫衬、长袍、外袍，穿着高底鞋，显得比其他人高大，走路摇摇晃晃的，还有他脱下那些鞋子衣服之后，整个人就像缩水了。她说自己曾经跟家族的朋友一起，乘船沿着特龙河一直到入海的河口。她告诉我，我们在采石场找到的那些用来玩游戏的蜗牛石曾经是海岸边的生物，它们小巧精致、色彩缤纷、闪闪发光。

父亲干完农活后会来她的房间——洗了手，换了鞋，因为她对于石屋以前没有的一些规则非常坚持——他会跟我们坐在一起，静静地听着。他喜欢听她说话。她说起话来像涓涓溪流，明澈轻快，带着低地那种温柔流畅的感觉。对于城市里的人，谈话是种艺术，也是享受，不仅是出于实用和需要。她将这种艺术和享受带到了喀司普罗莽。父亲只要一看到她，眼中就有了神采。

高地各家族之间既有嫌隙仇怨，也有着各种各样的亲缘关系，这些恩怨超出了人们的记忆，超越了历史，毫无来由。喀司普罗和德拉姆家族一直就不对付。喀司普罗、罗德和巴尔家族却一直都颇为友好，或者说足够友好，以至于在一段时间之后就消弭了仇怨。

德拉姆家族兴旺的时候（主要是通过偷羊和占地盘），后面那三个家族日子过得颇为艰难。他们的好日子似乎已经过去了，尤其是喀司普罗家。即使在盲眼喀达尔德的时代，我们的实力已很弱，人数也很少了，不过我们仍然有自己的领地，还有大约三十户农奴和农户。

农户祖上与某个世系有一定的关系，但不一定具有灵能；农奴则两者都没有。这两种人对于领地上的头人家族都有效忠的义务，也有权做出请求。大多数农奴和农户在他们耕作的土地上生活的时间与头人家族不相上下，甚至更久远。庄稼、牲畜、林地和其他一切东西的打理都是通过长期的习俗和频繁的集会来分配。头人对自己领地上的人们有着生杀予夺的权力，但在我们家的地盘，很少会有让人想起这回事的情形。喀达尔德送了两名奴隶给泰勃罗，这是非常少见且鲁莽的主张财产、行使权力之举，这番举动让入侵者陷在他的慷慨网罗中，拯救了领地。为灵能付出的赠礼或许比灵能本身更有力。喀达尔德对此善加利用。然而一旦头人将灵能用来对付自己治下的人，那就大错特错了，正如基里莽的艾罗义，还有德拉姆莽的奥吉所为。

巴尔一族的灵能对于这些情况从来没有多大的用处。能够从森林里召唤野兽，驯服一匹小马，或是与猎犬有商有量，这确实是一种灵能；但这种灵能不足以让你有支配别人的能力，那些人只要一个眼神和一句话就能烧掉你的干草堆，或杀死你和你的猎犬。巴尔一族的领地很久以前就被喀兰塔奇的黑尔瓦一族占去了。那一脉的很多人家来到了山下，通过联姻融入了我们这些西边的领地。他们极力保持自己的血脉纯正，以便灵能不被削弱或从此丧失，但他们肯定也不是一直都能做到。我们家的几户农户就是巴尔族人。我们这里负责给牲畜疗伤医病的人，还有照看母鸡、训练猎犬的人，全都是具有巴尔血统的主妇。基里莽、柯迪莽和罗德莽还有血统纯正的巴尔族人。

罗德家族的灵能是刀锋，他们随时都可以凭着意愿防卫或者攻击，或者夺取领地，但他们大多没那个心情。他们不爱争斗。比起劫掠，他们更有兴趣去猎麋鹿。与大多数自高自大的高地人不同，罗德人更愿意自己饲养良种牲畜，而不是偷抢。喀司普罗莽以前很有名的乳白色牛其实是罗德家族培育出来的。我的祖父从罗德莽偷来小母牛和小公牛，直到他们有了自己的种群。罗德家族耕种土地，饲养牛群，颇为兴旺，但并没有大大地兴盛壮大。他们与巴尔家族通婚频繁，因此我小的时候，罗德莽有两位头人，歌里的母亲帕恩·巴尔和她的父亲特诺克·罗德。

我们两家关系一直很好，几代人都是如此，高地就是这样的，特诺克和我父亲是真正的朋友。在奇袭杜奈的行动中，特诺克骑着他那匹耷拉着嘴唇的干农活的马。他分到的战利品是其中一个小女奴，不久之后他就将之送给了柯迪莽的巴塔·喀司普罗，后者分到了另外一名小女奴，两人是姐妹，不停地哭着说想念彼此。那次劫掠的前一年，特诺克和帕恩已经结了婚。帕恩在罗德莽长大，也有一些罗德家的血统。我妈妈生下我一个月后，帕恩生了个女儿，就是歌里。

歌里和我还在摇篮里的时候就成了朋友。我们小的时候，两家父母经常往来走动，我们会跑出去玩。我估计自己是第一个看到歌里发挥灵能的人，但我不确定那是记忆中的事情，还是她告诉我之后我想象的情形。即使是听来的事情，小孩子也常常会有目睹的画面感。我印象中的情形是这样的：在罗德莽的菜园边上，歌里和我坐在地上用小树枝搭房子，一头高大的公麋鹿从房子后面的小树丛里走了出来。它朝我们走来。它体形巨大，比房子还高，巨大的、像树枝一样的鹿角映着天空，保持着平衡。它缓慢地、直直地走向歌里。她伸出手，它将鼻子放在她手掌上，好像敬礼一样。“它为什么跑到这里来？”我问道。她说：“我唤它来的。”我就记得这些。

过了几年，我把这段回忆告诉了父亲，他却说这不可能。他说，那个时候歌里和我最多只有四岁，而极少有孩子在九岁或十岁前显露灵能。

“喀达尔德那时不过才三岁。”我说道。

我母亲用小指侧面碰了碰我的小指侧面：不要跟你父亲顶嘴。卡诺克紧张焦虑，我则是鲁莽自大，她用最微妙、不易察觉的方式，不让我触怒他，也护着我不让他责备。

歌里是最好的玩伴。我们闯了不少祸。最严重的一次是我们把所有的鸡都放了出来。歌里声称她能教会鸡玩各种把戏——越过线，跳到她手指上。“这是我的灵能。”她骄傲地说。我们那时也就六七岁。我们跑到罗德莽养鸡的大院子里，围住几只半大小鸡，想教它们点把戏——随便什么都行——但根本没用。这番消遣太让人挫败，又太吸引注意力，以至于我们根本没发现我们任由院子的门敞开着，直到所有母鸡都跟着公鸡跑进了树林里。后来，所有人都去试着把它们重新赶回来。帕恩本来可以召唤它们，但她出去打猎了。虽然没有别人感谢我们，狐狸还是对我们充满感激的。歌里觉得非常内疚，养鸡的院子本来就归她照管。我从来没见她哭成那样。整个晚上和第二天，她都在树林里跑来跑去，叫着那些失踪的母鸡。“比蒂！莉莉！雪兮！范范！”她的声音低低的，像一只沮丧的鹌鹑。

我们在罗德莽好像总能闯出祸来。歌里每次跟着父母或她的父亲来喀司普罗莽的时候，就不会出现灾难过境的场景。我母亲非常喜欢歌里。她会突然说：“站那儿别动，歌里！”歌里就站住了，我母亲会盯着她看，直到七岁的歌里觉得难为情，开始扭来扭去，傻笑起来。“别动啊，”我母亲会说，“我要好好看看你，你知道吗，这样我就能生一个像你这样的女儿。我想知道怎么才能办到。”

“你可以再生一个像奥莱克一样的儿子。”歌里说道，但我母亲说：“才不要！一个奥莱克就够我受了。我想要个歌里！”

歌里的母亲帕恩是个奇怪的女人，总是坐不住。她的灵能很强，她自己也有点像野生动物。很多人都想让她为猎手召唤动物，她经常不在家，穿过半个高地，去一个又一个领地打猎。她在罗德莽的时候，周围总像有个笼子，从栅栏之间盯着你。她和她丈夫特诺克彼此以礼相待，互相提防。她对女儿也不是特别关心，跟对其他孩子一样，带着不偏不倚的冷淡。

“你母亲教你怎么使用灵能了吗？”有一次我问歌里，那会儿我颇为自负，因为我父亲教了我。

歌里摇摇头：“她说不需要使用灵能，它会使用你。”

“你必须学会怎么控制它。”我对她说，郑重而严肃。

“我不用。”歌里说。

她任性固执，为人淡漠——有时特别像她母亲。她不会跟我争辩，不会捍卫她的观点，但也不会改变。我想说话聊天，她却想沉默不言。但我妈妈讲故事时，歌里在沉默中听着，听着每一个字，倾听、留存、珍视、思考每一个字。

“你是个倾听者，”梅乐对她说，“不仅是召唤者，也是倾听者。你会听老鼠说话，是不是？”

歌里点点头。

“它们说什么？”

“老鼠的事。”歌里说。她很腼腆，即使是面对自己深深敬爱的梅乐。

“我想，身为召唤者，你是不是能唤出在我的储藏室里筑巢的老鼠，告诉它们可以去马厩生活？”

歌里露出沉思的神情。

“它们还得把鼠崽搬过去。”她说。

“啊，”我母亲说，“我没想到这个。算了吧。另外，马厩里还有猫。”

“你可以把猫挪到储藏室里。”歌里说。她的脑子转得飞快，让人无法预料。她能同时以老鼠的视角、猫的视角和我母亲的视角看东西。她的世界莫测高深，复杂无比。她不为自己的观点辩解，因为她几乎在所有事情上都有着互相矛盾的观点。然而她又十分固执坚定。

“你能讲好心对待蚂蚁的那个女孩的故事吗？”她胆怯地问我母亲，好像这是个很无理的要求似的。

“好心对待蚂蚁的女孩。”我母亲重复道，像在背诵一个标题。

她告诉过我们，她讲的很多故事都是她小时候从一本书上看来的，当她讲故事的时候，感觉就像在读那本书。她第一次说这话时，歌里问道：“书是什么？”

于是母亲给我们读了那本不在这里的书。

很久很久以前，卡姆贝洛还是国王的时候，一名寡妇带着四个女儿住在一个村子里。她们的日子过得不错，直到有一天寡妇病倒了，无法痊愈。于是一名智者来看了她，说道：“你这病没的治，除非喝到海之井里的水。”

“哎呀，哎呀，那我死定了，”寡妇说，“我病成这样，怎么去那口井呀？”

“你不是有四个女儿吗？”智者说。

于是寡妇恳求大女儿去海之井，舀一杯水来。“你会得到我所有的爱，”她说，“还有我最好的帽子。”

于是大女儿出发了，她走了一阵，坐下来休息，就看见一群蚂蚁拖着一只死胡蜂往蚁巢去。“呀，这些脏东西。”她说着，用鞋跟踽碎了那群蚂蚁，然后继续上路了。去海边的路很远，但她还是坚持走到了那里，大海的巨浪不断地拍打冲击着沙滩。“噢，这就够了！”女孩说，她将杯子伸出去，从最近的海浪那里接了杯水，拿回了家。“水来了，妈妈。”她说着，寡妇接过水一饮而尽。水可真苦呀，又咸又苦！母亲眼里流泪。但她对大女儿说了谢谢，把最好的帽子给了她。女孩戴上帽子出去了，不久就找到了心上人。

然而母亲病得更重了，于是她让第二个女儿去海之井舀一杯水，如果二女儿做到了，就能得到妈妈的爱，还有妈妈最好的蕾丝长袍。于是女孩出发了。在路上，她坐下来休息，看到一个人赶着牛在耕地，轭没上对，在牛脖子上划出一道大口子。但那跟她没关系。她继续赶路，来到了海边。大浪呼啸，拍打着沙滩。“噢，这就够了！”她说着，迅速将杯子伸进去，然后一路小跑回到家。“水来了，妈妈，把袍子给我吧。”

水又咸又苦，妈妈几乎咽不下去。二女儿穿着蕾丝袍子一出门，就找到了心上人，然而妈妈躺在那里，几乎已经落进死神的掌心。她强撑着一口气，让三女儿去。“我之前喝的水不可能是海之井水，”她说，“因为那是苦咸的海水。去吧，你会得到我所有的爱。”

“我才不在乎那个，不过要是把你的房子给我，我就去。”三女儿说。

母亲答应了。于是女孩欣然出发，一路不停地直接去了海边。就在沙丘上，她看见一只折了翅膀的灰雁。灰雁拖着翅膀朝她走来。“走开，蠢东西。”女孩说着，走到了海边，看见大浪咆哮，撞击着沙滩。“噢，这就够啦！”女孩说，她把杯子伸进去，然后就回家了。母亲刚尝了一口那杯苦咸的海水，“现在，你走吧，妈妈，”女孩说，“这房子是我的了。”

“能不能让我死在自己床上啊，孩子？”

“要是你能快点儿就行，”女孩说，“不过要赶紧，因为隔壁那个小伙子为了我的财产想要娶我呢，姐妹们和我还要在我的房子里办一场盛大的婚礼。”

母亲就这样躺在那里，流着又苦又咸的泪水。最小的女儿温柔地来到她身边说道：“别哭，妈妈。我会为你去找那水。”

“没用的，孩子。那太远了，你这么小。我也没什么能给你的了，我只有去死了。”

“嗯，不管怎么样我还是要试试。”女孩说，然后她就出发了。

她走在路上，看见路边有一些蚂蚁，极力抬着同伴的尸体，挣扎着前进。“来吧，这个事我来做更容易。”女孩说，她把蚂蚁全都捧在手里，带到蚁丘上，将它们放了下去。

她继续走着，看见一头牛在犁地，脖子上的轭磨得它鲜血直流。“我得把轭调正。”她对犁地的人说，她用围裙做了个垫子，垫在轭下面，让轭在牛脖子上松了一些。

她继续往前走，最后终于来到了海边，沙丘上站着一只折翼的灰雁。“啊，可怜的鸟儿。”女孩说，她脱下罩衫打了个结，固定住灰雁的翅膀，好让它能痊愈。

接着，她走到海边。巨大的海浪闪着银光。她尝了尝海水，又苦又咸。在远处的海里，波光之中有一座小岛、一座山峰。“我怎么才能去到海之井呢？”她说，“我可游不了那么远。”但她仍脱下鞋子，走进海里，游了起来。然后她听到一阵蹄声，一头长着银角的大白牛沿着沙滩走了过来。“来吧，”牛说，

“爬到我背上，我驮你过去。”于是她爬上牛背，抓住了牛角，他们走进水里，那头牛不停地游着，直到他们到了那座远远的小岛。

岛上的石头陡峭得像墙壁，光滑如同玻璃。“我怎么才能到达海之井呢？”她说，“我不可能爬得了那么高。”但她还是极力探身去攀那些石头。一只比鹰还大的灰雁飞到她身边。“来吧，”灰雁说，“爬到我身上，我载你上去。”于是她爬到灰雁的翼间，灰雁载着她到了岛上的山顶。那里有一口深井，里面是清澈的泉水。她将杯子伸进去舀水。灰雁载着她越过大海回到岸边，白牛跟在后面游着。

然而灰雁的脚刚一落在沙滩上，就变成了一名男子，一名个子高高的、英俊的年轻男子。她罩衫上的带子挂在他的右臂上。

“我是这片海的男爵，”他说，“我要娶你。”

“我得先把这水给妈妈送去。”女孩说。

于是他们骑上那头白牛，回到了村庄。她妈妈躺在那里，已经奄奄一息。但她咽了一滴水，就抬起了头；再喝一口，她就坐了起来；又一口，她能站起来了；再一口，她跳起舞来。

“这是世界上最甜的水。”她说。然后她和最小的女儿以及海之男爵骑着白牛去了男爵的银殿，女孩和男爵结了婚，而寡妇在婚礼上跳舞。

“还有蚂蚁呢。”歌里小声说。

“哦对，还有蚂蚁，”我妈妈说，“这么说，难道蚂蚁们就没有感激之心吗？当然不是！因为它们也来到了婚礼现场，全都以最快的速度爬行，还带来了一枚金戒指，那枚戒指在它们的蚁丘底下埋了一百年，而这对年轻男女就用这枚戒指结成了夫妻！”

“上一次……”歌里说。

“上一次怎么了？”

“上次，你说……你说那些蚂蚁去了几个姐姐的婚礼现场，把所有蛋糕和甜品都吃光了。”

“是的。它们也干了这事。蚂蚁可以做很多事情，而且它们可以一下子遍布所有地方。”我母亲认真地说，然后大笑起来。我们全都笑了，因为她居然把蚂蚁给忘了。

歌里问过的那个问题“书是什么？”让我母亲开始思考在石屋一直以来被忽略或忽视的一些事情。喀司普罗莽没人会认字或写字。我们用一根刻着记号的棍子来数羊。这对我们来说没什么可耻的，但她觉得羞耻。我不知道她是否梦想过回家看看，或是她家里人来高地看看，这两种情况都极其不可能。但孩子们呢？要是她儿子到世界其他地方去，无知无识，像街头乞丐一样愚昧，那可怎么办？她的自尊心无法忍受这种情况发生。

高地没有书，于是她自己做了书。她给细亚麻布上浆，用滚筒将布料拉平展。她用橡树皮做墨水，用鹅毛做笔。她给我们写了一本启蒙读物，教我们读。她教我们写字，开始是用棍子在地上写，然后用鹅毛笔写在拉展过的细亚麻布上，我们屏住呼吸，瞎画一气。她洗掉浅色的墨水，然后我们又可以在上面写。歌里觉得这实在太难了，只是凭着她对我妈妈的爱才坚持下来。我却觉得这是世界上最容易的事情。

“给我写本书吧！”我要求道，于是梅乐为我写下了拉尼尤的生平。她非常认真地对待自己的职责。从她所受的教育出发，她觉得如果我只有一本书的话，那应当是神圣的历史书。她背出了《拉尼尤神事迹和奇迹史》中的一些段落，其他的部分则用她自己的话来写。我九岁生日的时候，她把这本书送给了我：四十片光面亚麻布，上面是密密麻麻的规范的浅色字迹，顶端用蓝色的线缝制。我一头扎进了书里。就算我把整本书都背了下来，也还是读了一遍又一遍，对这些书面文字珍视不已，不仅因为它们所讲述的故事，还因为我看到了隐藏在其中的东西：所有其他的故事、我母亲讲过的故事，还有从来没人讲述过的故事。

这么多年来，我父亲也继续教养我；但鉴于我没显露出成为第二个喀达尔德、过早显露灵能震吓全世界的迹象，他也只能给我解释并演示我们的灵能如何运用，并耐心等待灵能在我身上觉醒。他说，他自己也是到了九岁才能击落一只小虫子。

他的个性不算有耐心，只是出于自律，而且他充满希望。

他经常测试我。我用尽全力，眼瞪手指，嘴里默念，召唤那个神秘莫测的东西——我的意志。

“意志是什么？”我问他。

“嗯，就是你的意图。你必须有意地去运用你的灵能。如果你不是在有意之下运用，就可能造成巨大的伤害。”

“但感觉是什么样的，运用灵能？”

他皱着眉头，想了很久才开口。

“感觉就像有什么东西同时出现，”他说，他的左手不自觉地动了一下，“好像有十几条线，而你是中间的结，它们全都牵到你身体里，你紧紧地拉着它们。就像你是一张弓，但有十几条弓弦。你把它们拉得更紧，它们也靠近你，直到你说‘现在！’，灵能就会像箭一样激射而出。”

“这么说，你用意识引导灵能，去消殒你看到的东西？”

他又皱起眉头想了想：“这不是你可以用语言表达的事情。这里根本就没有语言的事。”

“但你说了……你怎么知道该说什么？”

因为我已经知道，卡诺克运用灵能的时候所说的从来不是同样的话，或许根本就不是什么词句。听起来就像“哈！”的一声，或是一个人突然一下用尽全力做什么动作时发出的短促的声音。除此之外还有别的东西，但我从来没能模仿出那个声音。

“就是在那个时候……这就是运用灵能的一部分。”这是他能给出的回答。像这样的对话令他困扰，他回答不了这些问题。我就不该问。我不应该有问的必要。

我到了十二三岁的时候，越来越担心我的灵能还没有显露。我的担忧不仅存在于我的思绪里，还在我的梦中。在梦里，我总是正要做一件可怕的、毁天灭地的大事，让一座巨大的石塔破碎崩塌，消灭某个黑暗、古怪村庄里的所有人——或是刚刚做完这件事，在废墟和没有面孔、没有骨头的尸体间艰难地找路回家。但这些梦里的情形总是出现在使出了消殒灵能之前，或者之后。

我会从这样的梦魇中醒来，心跳得跟狂奔的马儿一样，试图掌控我的恐惧，积聚力量，卡诺克曾经这么说过。我浑身颤抖，几乎无法呼吸，我会盯着床脚的雕花把手，在黎明的光线下，那个把手清晰可见。我举起左手指向它，决心要摧毁那块黑色的木头，我咬着牙，颤抖着呼了口气，“哈！”的一声。然后我会紧紧闭上眼睛，向黑暗祈祷，希望我的愿望、我的意志能够实现。但当我最后睁开眼睛时，那块木头还是完好无损。我的时机依然未到。

在我十四岁之前，我们跟德拉姆莽的人没什么关系，一直以来对我们有敌意的邻居是基里莽的艾罗义。歌里和我被绝对禁止靠近与基里莽领地的边界邻近的任何地方，我们双方之间的边界穿过一片白蜡林。我们遵从了这个禁令。我们两人都认识驼背贡纳，还有那个胳膊朝后的男人。艾罗义头人有一次玩笑之际把那个人变成了这副样子——他说那是玩笑。那人是他自己的奴隶之一。“拿走了他的使用权，”我们的农户说，“这法子挺怪。”这就是对一个头人最大的批评了。艾罗义疯了，但没人这么说。他们保持沉默，离得远远的。

艾罗义也远离喀司普罗莽。没错，他是扭曲了我们的奴隶贡纳的背，但无论贡纳怎么说，几乎可以肯定他越过了界线，从基里莽偷木头。以高地的准则而言，这是某种程度的裁决。我父亲没有报复，但去了那片白蜡林，等着艾罗义经过附近、能够看到他的举动。然后卡诺克运用了他的灵能，沿着边界线画下了一条毁灭的路线，直接穿过了树林，就像一道闪电犁过地面，摧毁了它行经道路上的一切，留下枯萎焦黑的树组成的围栏。他没跟艾罗义说话，艾罗义躲在树林高处的边缘望着。艾罗义一句话也没说，但再也没人在边界的树林附近看见过他。

自从袭击了杜奈之后，我父亲的凶名已著，其实不需要这种惊人之举来加以确认。人们说："喀司普罗眼疾手快。"我听到他们这么说，总是极其自豪。为他，为我们，为我们的世系和灵能而自豪。

基里莽不过是个贫困、管理不善的地方，没什么可虑的；德拉姆莽则不然。德拉姆莽很富裕，而且越来越富裕。人们说，德拉姆家幻想能成为喀兰塔奇的头人，一派嚣张跋扈、趾高气扬的样子，到处索要保护费和贡品——贡品，就好像他们是高地的霸王似的！然而，软弱的领地最终还是乖乖拿钱打发他们，用绵羊、牛或者羊毛上供，甚至是德拉姆莽人强行勒索的奴隶，因为那一支的灵能非常可怕。它运用起来很慢，无影无形，不像刀锋、消殒或火焰的灵能那样惊人；但德拉姆家的奥吉可能走过你家的田地牧场，第二年，地里的庄稼就枯死了，很多年都寸草不生。他可以让成群的牛羊或整家人都染上瘟疫。

里姆莽的所有人都死了，那是德拉姆莽西南边界处的一个小领地。奥吉头人去了那里，提出了要求。里姆莽的头人在门口跟他见面，充满了轻蔑，准备运用自己的掷火灵能，让他走远点。但奥吉趁晚上潜到他们的房子附近，下了咒，据说是这样——因为他的灵能不是通过眼神或咒语实施，而是低声念出名字，辅以一些手势，需要一些时间才能完成。从那时起，里姆一家所有人都病倒了，在四年里先后死去。

卡诺克对人们通常讲的这个版本颇为怀疑。“在黑夜中，他在户外，人家在屋子里，奥吉不可能做到。”他肯定地说，“他的灵能跟我们差不多，要目视才能发挥作用。也许他下了毒。也许那家人是病死的，跟他没关系。”但无论是怎么回事，人们都认为奥吉与此事脱不了干系，而且肯定从中得利了——里姆莽成了他的地盘。

在很长一段时间里，这一切并没有直接令我们担忧。后来，柯迪家的两兄弟就谁是继承人、谁是领地真正的头人相争。奥吉就将自己的人迁到柯迪莽南边的一半地方，说他是在保护柯迪莽。那两兄弟跟傻子一样，还继续争吵，喋喋不休，奥吉却趁机占了他们最好的地盘。这样一来，德拉姆莽就紧挨着喀司普罗莽了，靠着我们西南方的边界。奥吉成了我们的邻居。

从那时起，我父亲的脸色就变得阴郁。他觉得我们大家，领地上的所有人，都有危险，而我们只能靠他一个人保护。他的责任感很强，或许有些夸张了。在他看来，权力本身也是义务；命令与服务无异；灵能，灵能本身，则严重地损害了自由。如果他是个年轻人，没有老婆孩子，我觉得他没准会直接袭击德拉姆莽，一劳永逸地冒上一切风险，在一次自由行动中把自己给押上。然而他身为一家之主，身上背着重担，满脑子想的都是管理一个贫穷的庄园，照管底下的人，家里还有个毫无防备之力的妻子，也没有任何与他具备同样灵能的族人能与他并肩战斗，或许只有他的儿子除外。

这正是令他更加焦心的地方。儿子现在已经十三岁，依然丝毫没有显露灵能。

关于如何运用灵能，我已是训练有素，却没有东西可用。感觉就像我学习了骑马，然而从来没上过马。

我知道，卡诺克对此非常忧心，而且越来越忧心，因为他藏都藏不住。在这件事上，梅乐没法像其他事情那样帮助他、宽慰他，她也没有办法在我们两人之间调停，或减轻我们给彼此造成的负担。对于灵能以及它的运用方式，她又知道什么呢？这对她来说完全是陌生的。她没有高地血统。除了那一次，她从未见过卡诺克运用灵能，就是在杜奈市集那一次，他让袭击者一死一残。他无意向她展示自己的毁灭之力，也没有缘由。他的灵能令她害怕；她并不明白，或许也不完全相信。

在那片白蜡林留下了枯树的界线以警告艾罗义之后，他只是小小地运用自己的灵能，向我演示怎么去做，以及运用它的代价。他从未用它去伤害猎物，因为动物的肉和骨头以及内脏全都成了一摊，那场面太过恐怖，没人愿意吃。在他心目中，在任何情况下，灵能都不是随便用的，而是只在真正需要的时候才运用。因此，梅乐可能或多或少地忘记了他具有灵能，也觉得即使我没有，也没什么大不了的。

事实上，只有当——终于——她听说了我展露灵能之后，她才被吓到了。

我也一样。

* * *

我跟父亲一起骑马出门，他骑着那匹老的灰色牡马，我骑着罗安妮。年轻的农夫阿罗克跟我们一起。阿罗克的父亲有喀司普罗的血脉，他具有“一点点眼力之能”——可以解开绳结，还有诸如此类的一些小把戏。他说，如果他瞪视的时间够长，也许能杀死耗子，但他从来也没法找到一只耗子愿意停在那里足够长的时间，让他确认能不能杀死。他脾气温和，很喜欢马，也很擅长照管马，正是我父亲长久以来希望找到的驯马师。他骑着罗安妮最后一次生的小马。我们小心翼翼地训练那匹两岁的小马，我父亲觉得，他以前骑着去杜奈的那匹红马跟这匹小马一模一样。

我们去了领地西南边的放羊草场，虽然卡诺克没有明说，但我们都警惕地留神着有没有德拉姆莽的人在我们的地盘游荡，或者有没有他们的羊混在我们的羊群里。德拉姆家的羊倌来赶羊的时候就会顺便“收回”一些我们的羊——柯迪家提醒过我们这种把戏，他们跟德拉姆家相邻已经很久了。我们的确发现有些外来的羊混在我们家那些毛茸茸的粗毛高地羊里。我们的羊倌在羊耳朵上用黄洋葱涂了一点颜色，这样就能将我们的羊和艾罗义的羊区分开，他老是让基里莽的羊跑到我们的草场，然后就说我们偷羊——不过自从我父亲在白蜡林画下了那条界线后，他就没这么干了。

我们朝南走，找到我们的羊倌和他的狗，让他把德拉姆家的羊分出去，赶回他们那边。然后我们又骑马向西，找到了围栏上的缺口，把它修好。卡诺克黑着脸，皱着眉。阿罗克和我恭敬沉默地跟着他。我们沿着山坡而行，马儿步子很轻快，但灰鳖的前蹄突然踩到草丛中一块光滑的板岩，滑了一下，大大地打了个趔趄。马儿稳住了脚步，卡诺克没有掉下来。他正准备下马看看灰蹩有没有崴到，这时我看见那块倾斜的石头，就是他的脚正要踩下去的地方，有一条蝰蛇摆出攻击的姿态。我大叫着用手一指，卡诺克下马下到一半，看看我，又看到那条蛇，他腾出左手指向它，然后又坐回了马上，一切只在顷刻之间。灰蹩四蹄腾空，大步从那条蝰蛇旁边跳开了。

它摊在石头上，像只脱下来的袜子，软塌塌的，一副畸形的样子。

阿罗克和我坐在各自的马上目瞪口呆，一动不动，我们的左手都伸着，僵硬地指着那条蛇。

卡诺克让灰蹩安静下来，小心地下了马。他看着石头上那个被毁掉的生物。他抬头看着我。他的脸色很怪：严厉，激动。

“干得好，儿子。”他说。

我坐在马鞍上，傻乎乎地瞪着。

“确实干得好！”阿罗克咧嘴笑着说道，“石神啊，那可是条邪得很的大毒蛇，本来可能一口咬到头人的骨头！”

我盯着父亲肌肉结实的棕色光腿。

阿罗克下马看了看蝰蛇的残骸，因为那匹红色小马不肯走近。“这玩意儿被摧毁啦，”他说，“真是一双利眼！看那儿，那是它的毒牙。恶心的东西。”他吐了口唾沫。“眼神真厉害。”他又说了一遍。

我说：“我没有——”

我看着父亲，迷惑不解。

“我看到那条蛇时，它已经被消殒了。”卡诺克说。

“但你——”

他皱了皱眉，但并没有生气。“是你击中了它。”他说。

“没错，”阿罗克说，“我看见你的动作了，小奥莱克，快如闪电。”

“可是我——”

卡诺克望着我，神情严厉而专注。

我试着解释：“但这就像其他那些时候一样，我以前尝试的时候——一点动静也没有。”我住了嘴。我都想哭了。这件事情太突然，我非常迷惑，因为我好像做到了我不知道自己能做到的事。“感觉没有什么不同。”我哽咽着说。

我父亲又盯着我看了一会儿，然后他说道：“但这次的确不同。”随后他重新翻身骑上了灰鳖。阿罗克不得不抓住红色小马，它不愿意再被人骑着了。那个奇怪的时刻过去了。那条不成形的蛇我看都不想再看一眼。

我们骑马去了界篱，找到了德拉姆家的羊穿过来的地方，看起来好像有人在不久前把石头从墙上掏了出来。我们整个上午都在那边重新砌墙，也看看附近哪里需要修一修。

我仍然对自己所做的事情疑惑不已。我连想都不敢想。那天晚上，父亲跟母亲说了这件事，我又非常意外。他说得很简单，三言两语，那是他的方式，而她过了一会儿才明白，他说的是我已经展露了灵能，也许还因此救了他的命。之后，她像我一样，也是迷惑不解，没有做出高兴的反应，也忘了称赞我，只有忧虑后怕。

“它们这么危险吗，那些蝰蛇？”她说了好几次，“我不知道它们这么毒。孩子们在外面玩的地方可能到处都是！”

“是的。”卡诺克说，“一直都有。好在没有太多。”

我们的生命时时面临危险，这是卡诺克知道的事实，然而梅乐对此却是极力挣扎才不情不愿地相信。她并非傻乎乎地抱着希望的那种人，但她一直以来得到保护，不会受到身体上的伤害。卡诺克保护了她，不过他从不骗她。

“以前人们给我族的灵能起了个名字，”他这会儿说，“‘蝰蛇’，大家以前这么叫它。”他瞥了我一眼，只是眼角一扫，严肃而冷酷。从山坡上那一刻之后，他就一直是这样，“它们的毒液和我们的攻击方式差不多。”

她瑟缩了一下。过了一会儿，她对他说：“我知道，你很高兴这灵能传下去了。”她鼓足了勇气才说出这句话。

“我从来没怀疑过这点。”他回答道。这话既是安慰她，也是安抚我，但我不确定我们两人是不是能领会。

那天晚上，我一直醒着，直到那个年纪的男孩熬不住了睡过去，我一遍又一遍地想着自己看到那条蝰蛇时的情形，越来越疑惑不安。最后我睡着了，梦里也是倍觉困扰，又很早就醒了。我起了床，下楼去了马厩。这是我唯一一次比父亲到得还早，但他很快就来了，打着哈欠，揉着惺忪的睡眼。“嘿，奥莱克。”他说。

“父亲，”我说道，“我想——关于那条蛇。”

他微微歪了歪头。

“我知道我用了手和眼，但我觉得不是我杀了它。我的意志——并没有什么两样，还是跟其他那些时候一样。”我开始觉得自己的喉咙和眼睛发酸。

“你不会觉得是阿罗克做到的吧？”他说，“他没这个本事。”

“但你——你击中了它——”

“我看到它的时候，它已经被消殒了。”他还是跟头天同样的说法，但他说话的时候，他的声音和眼神里闪过一丝了悟，抑或是疑问。他想了想。他脸上已经恢复了冷硬的神色，我刚刚在马厩门口看到他的时候，他的脸色因为睡意而颇为柔和。

“我击中了那条蛇，没错，”他说，“但是在你之后。我很确定是你先击中的，而且是用迅捷、强悍的手势和眼神。”

“但我运用灵能的时候怎么才能知道？要是……要是它跟我以前试过但不管用的其他时候都一样？”

他一时语塞。他站在那里，皱着眉头思索。最后他几乎是犹豫着说：“奥莱克，要不你现在试试运用灵能——找个小东西——就那丛草吧？”他指着院子里靠马厩门边的石头之间的一小丛蒲公英。

我盯着那丛蒲公英，眼泪不由自主地涌起，止也止不住。我用手蒙住脸哭起来。“我不想，我不想！”我哭喊道，“我做不到，我做不到，我不想做！”

他走过来，跪在地上，一只手臂环抱着我，任由我哭。

“没事的，宝贝，”我平静一些之后，他说道，“没事。这是很沉重的东西。”然后他让我进屋去洗把脸。

之后我们再没有提过灵能的事情，或者有一段时间没提起。

过了几天，我们又跟阿罗克一起回到那边，修补和建起我们西南边牧场的围栏，让另外一边的羊倌知道，我们清楚这些围栏上的每一块石头，就算动了一块，我们也会知道。我们干到第三天或者第四天时，一群骑马的人朝我们驰来，他们沿着小汐尔下方长长的下沉的牧场上来，那里以前是柯迪的领地，现在属于德拉姆莽了。羊群被这群骑行者吓得四散奔跑，高声大叫。这群人直接朝我们而来，随着山顶逐渐平坦，他们的步子也加快了。那天雾蒙蒙的，天气沉闷。山上飘着细雨，我们浑身湿漉漉的，身上也很脏，因为要搬那些打湿了的沾着泥巴的石头。

“唉，石神啊，那是老毒蛇本人了。”阿罗克嘀咕道。父亲瞥了他一眼，让他闭了嘴，然后随着那群骑手直直地朝着围栏驰来，父亲用平静、洪亮的声音打了个招呼——“你好呀，奥吉头人。”

我们三人的眼睛都艳羡地盯着他们的马，它们可真不错。头人骑着一匹漂亮的蜜色牝马，在他的大块头之下，那匹马显得有些纤弱。奥吉·德拉姆大约六十岁，五短身材，脖子粗壮。他穿着黑色的褶裙和外套，不过都是细羊毛织的，不是毛毡，他的马勒是镀银的。

他光着小腿，肌肉隆起。我主要是盯着他的腿看，不怎么看他的脸，因为我不愿意看到他的眼神。我从小到大听说的都是奥吉头人的恶行。他直直地策马朝我们驰来，一副攻击的架势，在离围栏很近的地方才猛地一勒缰绳，这不是让人安心的举动。

“在修羊栏呢，喀司普罗？”他大声说，声音出乎意料地热情欢快，“活儿干得也不错。我手下有几个人挺擅长砌石头。我叫他们来帮你。”

“我们今天差不多干完了，不过谢谢你了。”卡诺克说。

“反正我会叫他们来的。围栏都是两边的嘛，对不？”

“那倒是。”父亲说。他的语气轻快，不过脸色硬得跟他手里的石头一样。

“这两个小伙子有一个是你家的吧？”奥吉边说边打量阿罗克和我。其中的侮辱意味很微妙。他当然知道卡诺克的儿子还小，不会是二十来岁的年轻人。他话里的意思是喀司普罗家的儿子和奴隶没啥分别，反正我们三人是这么理解的。

“这个。”父亲说，他并没有叫我的名字或是让我过去，甚至看都没看我一眼。

“现在咱们两家是邻居了，”奥吉说，“我想着请你和你家夫人来德拉姆莽做客。要是我过两天上你家去，你在家吧？”

“我在。”卡诺克说，“欢迎你来。”

“好的，好的，我一定去。”奥吉举起手，漫不经心地做了个友好的手势，拉着他的牝马站住，然后带着那一小队人马慢跑着沿着围栏走了。

“啊，”阿罗克叹息着说，“那可真是匹漂亮的黄色小母马。”他是个彻头彻尾的马痴，跟我父亲一样。他们俩一直都渴望改良我们的马群，也一直在谋划。“要是能让布兰提跟它交配一两年，生下的小马该有多好！”

“那代价得有多高。”卡诺克生硬地说。

从那天起，他就十分紧张，还常常情绪阴沉。他告诉母亲为奥吉来访做些准备，她当然做了。然后他们就等着。卡诺克不再去离石屋很远的地方，不希望她独自一人接待奥吉。过了半个月，奥吉才来。

他还是带了上次那些随从，他自己家的人，还有他领地上其他世系的人，没有女人随行。刚直骄傲的父亲觉得这也是一种侮辱。他没有略过这点。“很遗憾尊夫人没有跟你一起来。”他说。奥吉这才表示道歉，说了些理由，说什么他老婆忙于家务，身体也不好。

“但她盼着在德拉姆莽欢迎你，”他转向梅乐说道，“以前从一个领地拜访另一个领地，骑马可要远多了。我们都已经忘记了高地的和睦风俗。在山下的城市里肯定是不同的情形了，你们周围都是邻居，像他们说的，跟吃腐肉的乌鸦扎堆一样。”

“很不一样。”母亲温和地说，他的大嗓门和颇具压迫感的高大身材令她有些失神，奥吉那副样子总像有种隐隐的威胁意味。

“这就是你家少爷了，我那天见过的。”他说着，突然转向我，“叫喀达尔德，是吧？”

“奥莱克。”母亲说，因为我说不出话，不过我扭开了头。

“嘿，把头抬起来，奥莱克，让我看看你的脸，”那个大嗓门说，“你是害怕德拉姆家的眼神吗？”他又大笑起来。

我的心怦怦地跳，简直要跳出嗓子眼，但我勉力抬起头，看向我头顶上方那张大脸。奥吉的眼皮很厚，还耷拉着，几乎看不到他的眼睛。在皱纹和眼袋之中，它们镇定而空洞地瞪着，像蛇的眼睛一样。

“我听说你已经展露了灵能。”他瞥了父亲一眼。

阿罗克肯定已经跟我们领地上的所有人讲了那条蝰蛇的事，而高地的流言传播之快令人惊异。在高地，似乎没有人同其他人说话，除了最亲近的人，而且对最亲近的人也不是经常说话。

“没错。”卡诺克说，他望着我，没有看奥吉。

“这么说，无论如何这是千真万确的喽。”奥吉语气热情，带着恭喜的意味，我简直不能相信他之前那么直白地侮辱了我母亲，“消殒——我真想看看这样的本事！德拉姆莽只有喀司普罗世系的女子，你知道的。她们当然也具备灵能，但不能显露。或许这位小奥莱克能给我们演示一下。你愿意吗，小伙子？”他的大嗓门好像挺亲切，却带着压迫的意味。拒绝是不可能的。我没说话，但出于礼貌，必须得有点反应。我点点头。

“太好了，那我们就在你们来之前准备些大蛇，哈？或者如果你愿意，也可以去我们的旧谷仓里消灭一些老鼠等小动物。我很高兴你们家的灵能传下来了，”——最后这句是对我父亲说的，同样还是那副兴高采烈、亲切友好的腔调——“我想着我家的一个孙女，我小儿子的女儿，你来德拉姆莽的时候，我们或许可以谈谈这事。”他站起身，“现在你看到了，我也不是你听人说过的那种怪物，”——这话是对我母亲说的——“你愿意赏光来做客吗？就五月吧，那时道路是干的。”

“我很乐意，先生。”梅乐说着，也站起身。她低下头，双手指尖交叉，这是低地人表示礼敬的姿势，我们大家都没见过。

奥吉盯着她，似乎那个手势让他突然注意到她了。在那之前，他其实没有正眼看过我们任何人。她站在那里，恭敬而疏离。她的美不同于任何一个高地女人，骨骼纤细，动作敏捷，有种微妙的活力。我看见他那张大脸上的神色变幻，脸色变得沉重，我看不出他的情绪——是惊讶、羡慕，还是渴求，抑或是憎恶？

他唤了手下的人，那些人都坐在母亲为他们准备的桌子旁边。他们走到院子里的马儿边，晃晃悠悠地骑马走了。母亲看着桌上的残羹。“他们吃得挺好。”她说，带着女主人的自豪，但同时也很沮丧。因为她费心劳力准备的美味佳肴一点儿也没剩下，我们大家都没的吃。

“像吃腐肉的乌鸦一样。”卡诺克不无讽刺地学了一句。

她笑了一下。“那人不是什么圆滑的人。”她说。

“我不知道他是什么样的人，也不知道他来干吗。”

“他好像是为奥莱克来的。”

父亲瞥了我一眼，但我脚下像生了根，决心要听听他们说什么。

“也许吧。”他说，明显是想以后再说这件事，至少等到我不在场的时候。

母亲却没这番顾虑："他是在暗示两家联姻吗？"

"那女孩年纪倒合适。"

"奥莱克还不到十四岁呢！"

"那女孩还要小一点，十二或者十三。不过她母亲是喀司普罗家的，你知道的。"

"两个都是孩子，就订婚了？"

"这没什么稀奇，"卡诺克说，他的语气生硬起来，"只是订婚而已。正式成亲还要很多年呢。"

"孩子太小了，不适合做什么安排。"

"这些东西能确定下来是最好的。婚姻可是关系重大。"

"我不想听。"她平静地说着，摇了摇头。她的语气完全没有挑衅的意思，但她不常表示反对，紧张之下的父亲或许因此做出了原本不会有的激烈表态。

"我不知道德拉姆想要什么，但如果他提出联姻，那是很慷慨的条件，我们必须加以考虑。西边没有其他出身于正统的喀司普罗世系的女孩子。"卡诺克看着我，但我帮不上忙，只是想到了他看着小公马和小母马的样子，也是那副深思的、赞赏的表情，预想着会生出什么样的小马。然后他转过身说："我只奇怪他为什么要提出这事。也许他是把这个当作补偿。"

梅乐茫然地看着他。

我必须想清楚。他的意思是作为他原本为了保持血脉的纯正可能会娶的那三个女人的补偿？就是奥吉夺走的那些女人，促使他在激愤之下出走，给自己娶了个毫无世系血统的老婆回来？

母亲涨红了脸，我从没见过她这副样子，她浅淡的棕色皮肤变成了深色，像冬天的夕阳一样暗沉。她字斟句酌地说："你是一直都在期待——补偿吗？"

卡诺克顽固得跟石头一样。"有可能就是，"他说，"这或许能修复一些关系。"他在房间里踱来踱去。"戴尔丹不是什么老女人。至少不算太老，还能给塞卜·德拉姆生下这个女儿。"他走回我们身边站定，看着地面，盘算着，"我们必须考虑这个提议，如果他提出来的话。奥吉·德拉姆是很讨厌的对手。他有可能成为很好的朋友。如果他意在示好，那我必须接受。而奥莱克的机会超出了我的希望。"

梅乐没说什么。她已经表示了反对，也没什么可说的了。即使给孩子订婚的做法她以前没有听闻过，也很厌恶，然而给孩子找一门好亲事，利用婚姻获得经济和社会利益，却是她再熟悉不过的事。而这些问题关系到领地之间的友好和世系血统的维系，她是个外人，外来者，只能信任父亲的知识和判断。

但我也有自己的想法，鉴于母亲就在身边，我不由得说了出来。"但我要是跟德拉姆莽的那个女孩订婚，"我说，"那歌里怎么办？”

卡诺克和梅乐都转过身看着我。

“歌里怎么办？”卡诺克说，一反常态地装起傻来。

“要是歌里和我想订婚的话。”

“你还太小了！”母亲喊了一句，然后发现她跑题了。

父亲沉默不语地站了一会儿。“特诺克和我聊过这件事，”他固执、沉重、一字一句地说，“歌里具有伟大的世系血统，而且灵能强大。她母亲希望她跟柯迪莽的安伦·巴尔订婚，以保持世系的传承。一切还没有定论。但德拉姆莽的这个女孩是我们的世系，奥莱克。无论是对我、对你，还是对我们的子民来说，这都是非常重要的问题。这是我们不能放弃的机会。德拉姆莽现在是我们的邻居了，结亲也是实现友好的途径。”

“我们和罗德莽一直都是朋友。”我依然坚持自己的立场。

“我不否认这一点。”他站在那里，盯着一片狼藉的桌子，刚才那番话颇为果决，但他其实还是委决不下，“奥吉·德拉姆也可能根本没这个意思。他忽冷忽热的。我们五月先去，了解一下情形。没准是我误解了他的意思。”

“他是个粗人，但似乎想要示好。”梅乐说。“粗人”这个词已经是她用来形容别人的最难听的话了，这意味着她非常不喜欢他。但她不习惯那种怀疑的感觉，那对她来说是不自然的。她经常在人家没有善意的时候看到善意，往往因此而创造了善意。家里的人跟她一起干活儿和替她干活儿都是心甘情愿；最阴郁的农民跟她说话时也会亲切温和，什么都闷在心里的农奴老妇愿意向她倾诉苦闷，就像对姐妹一样。

我等不及想见到歌里，跟她聊聊这次的事。我们等着奥吉前来的这段时间里，我都不能出门太远，但通常我只要干完活儿，就可以想去哪里就去哪里。于是第二天下午，我跟母亲说要骑马去罗德莽。她用明亮的眼睛望着我，我脸红了，但她没说什么。我问父亲我能否骑那匹红色小马。我跟他说话时，有种不同寻常的自信。他已经看到我显露了我们这族的灵能，也听到有人流露出向我许婚的意思。他说我可以骑那匹小马，但没有提醒我让它不要害怕牛，还有要在它奔跑之后走一走，对此我并没有觉得意外。在我还是个十三岁的男孩时，他会提醒我这些，而现在，我是个十三岁的男人了。

我像所有男人一样，满怀谨慎又不无自负地上路了。小马布兰提步态可爱，充满活力。在长草甸那片开阔的山坡上，它一路小跑，毫无滞碍地向下走，像鸟儿在飞行一样。它没有理会瞪着我们的牛；它的行为举止完美无缺，似乎连它也崇敬我刚刚掌握的权威。我们依旧一路小跑着到了罗德莽的石屋，我对自己和布兰提都颇为满意。一个女孩子跑进去告诉歌里我到了，我则让布兰提绕着院子缓行，让它平静下来。它身形高大，十分气派，骑着它的人也会感觉自己高大堂皇，受人敬重。歌里跑过院子，高兴地迎接我们，我像只孔雀一样大摇大摆地走了过去。小马当然会响应她的灵能：它怀着极大的兴趣看着她，将头低下一点点，用大大的脑门抵住她的额头。她郑重地接受了这番致敬，摸摸马儿的鬃毛，温柔地朝它的鼻孔里吹气，用温柔的声音跟它说话，她说这叫物语。她没有对我说什么，但她的笑容十分明快。

“等它晾好了，我们去瀑布那边吧。”我说，于是等到布兰提被安顿在一间马棚里，还放了一点干草和一把燕麦，歌里和我就去了峡谷那边。沿着磨坊溪往上游走一英里左右，两条支流在一个幽暗、狭窄的裂谷汇聚，在大石头之间溅落，落到一口深潭中。落下的水带起不停息的凉风，野杜鹃花和黑柳丛点头不已。树丛里总有一只小鸟藏身其中，它叫起来分三个音，十分动听，下面的潭边还有一只黑鸫。我们一到那儿就去涉水，猫在瀑布下面，攀上岩石，还游来游去，争先恐后，大呼小叫，最后爬上一处高高的宽阔岩礁，它凸出山壁，能照到阳光。我们在那里摊手摊脚地晾干自己。那还是早春，不十分暖和，水还是冰冷的，但我们跟水獭一样，并不觉得冷。

我们没有给那处岩礁起名字，但那里多年来就是我们聊天的地方。

我们躺了一会儿，大口喘气，尽情晒着太阳。但我满心都是要说的话，很快我就说了出来。“奥吉·德拉姆头人昨天去我家拜访了。”我告诉歌里。

“我见过他一次，”她说，“母亲带我去那儿打猎。他看着像肚子里有个桶似的。”

“他很强。”我瓮声瓮气地说。我想让她意识到奥吉的地位，这样她就会称赞我牺牲了给他当孙女婿的机会。然而我其实还没有告诉她这件事。现在是时候跟她说了，我却觉得难以开口。

我们趴在温暖光滑的石头上，像两只瘦瘦的蜥蜴。我们的头挨得很近，这样就能轻声说话，歌里喜欢这样。她不是那种行事躲躲闪闪的人，喊叫起来也能跟野猫一样，但她说话时喜欢轻声细语。

“他请我们五月去德拉姆莽做客。”

没有反应。

“他说想让我见见他孙女。她母亲是喀司普罗家的。”我发现自己说话的语气跟父亲有点儿像。

歌里含混地说了句什么，然后很久都不发一言。她的眼睛闭着。湿湿的头发搭在朝着我这一侧的脸上，另一侧脸枕在石头上。我以为她要睡着了。

“你要去吗？”她喃喃地说。

“去见他的孙女？当然了。”

“订婚。”她说，仍然闭着眼睛。

“不！”我愤愤地说，但并不确定。

“你确定？”

我顿了一下，说道：“确定。”这次愤愤之情少了些，但还是不确定。

“母亲想给我订婚。”歌里说。她转过头，面朝前方，下巴搁在石头上。

“跟柯迪莽的安伦·巴尔。”我说，对自己知道这一点颇为自得。歌里一点也不高兴。她讨厌有人议论她。她不想引人注意，像黑柳丛中的鸟儿一样。她什么也没说，我觉得自己很蠢。我有些抱歉地说：“我父亲和你父亲说过这事。”她还是一言不发。她都问了我，我为什么不能问她呢？但很难开口。最后我逼自己说了出来，“你愿意吗？”

“我不知道。”她嘟囔着，她的下巴搁在石头上，眼睛直直地看着前面。

这回报不错，我想着，对她的问题，我都这么坚定地说了“不”。我愿意为歌里放弃德拉姆的孙女，然而歌里却不愿意为我放弃这个什么安伦·巴尔。这一下我真伤得不轻。我爆发了：“我一直以为——”然后我闭上了嘴。

“我也是。”歌里低声道。过了一会儿，她又说话了，她的声音非常轻，几乎被瀑布的声响盖过去了，“我告诉妈妈，我要到十五岁才肯订婚，不管是谁。父亲同意了，母亲很生气”。

她突然翻了个身躺着，凝视天空。我也照她的样子做了。我们的手离得很近，放在石头上，但没有碰到。

“等你十五岁时。”我说。

“等我们十五岁的时候。”她说。

我们过了很久才说了这两句话。

我躺在阳光下，感受到快乐，像透过我的阳光，像我身下岩石的力量。

“把鸟儿叫来呗。”我喃喃道。

她吹出三个音符，我们下面起伏的灌木丛里马上传来动听的回应。过了一分钟，小鸟再次叫起来，但歌里没有应。

她本来可以把鸟儿叫到她手上，停留在她的手指尖，但她没有。去年她开始发展出全部的灵能时，我们总是用她的灵能玩各种把戏。她会让我在树林中的一片空地等着，不知道自己会看到什么，我带着猎手那种警觉四处张望，直到突然一下子，一头母鹿带着小鹿站在空地边缘，我总是会被吓一跳。有时我会闻到狐狸的味道，然后东张西望，直到看见狐狸坐在离我不到六英尺远的草丛里，端正得像只家猫，尾巴优雅地绕着爪子蜷着。有一次我闻到一股恶臭，头发和胳膊上的汗毛都竖了起来，然后看见一头棕熊穿过空地，深一脚浅一脚地，连看也没看我一眼就消失在丛林里了。歌里随即悄然走进空地，羞涩地笑着——“你喜欢这个吗？”看到棕熊那一次，我承认有这么一次就够了。她只是说：“它住在艾恩山的山嘴。它是沿着洪水溪来到这儿的，为了抓鱼吃。”

她可以召唤风中的苍鹰，或是让瀑布中的鲑鱼聚到一起，跃出水面。她可以将一群蜜蜂指引到养蜂人想让它们去的任何地方。有一次，出于淘气，她让一大群虫子追着一个牧羊人跑过了红石滩下面的沼泽地。我们藏在山洞里，望着那个倒霉的家伙四处拍打，惊恐万分，两条胳膊挥得跟风车一样，疯了似的逃窜，我们没心没肺地笑得眼泪直流。

但那会儿我们还是孩子。

现在，我们并肩躺着，凝望明朗的天空，还有摇来晃去、一刻不停的树叶。我们身下是温暖的岩石，上方是和煦的太阳，在宁静愉快中，我隐隐想起自己要告诉歌里的不止一件事。我们谈到了婚约，但她和我都没有提到我展露灵能的事。

那是半个多月前的事了。这段时间我都没见到歌里，一是因为我一直在跟父亲和阿罗克一起修补羊栏，二是因为我们得在家等着奥吉到访。如果奥吉听说了那条蝰蛇的事，歌里肯定也听说了，但她却什么也没说。我也没说什么。

她是在等我先提起吧，我想着。然后我觉得，没准她是想等我表现一下。显示灵能，就像她那样，简单轻松，朝小鸟打个呼哨就行。但我不行，我心里想，我一下子全身都凉了下来，内心的平静无影无踪。我做不到。我马上变得愤怒，在心里追问，我为什么必须去做？为什么必须杀死什么东西，毁掉它、消殒它？

为什么这会是我的灵能？我不，我不想做到！——但你要做的不过是解个绳结而已，一个冷酷的声音在我脑子里说。让歌里拿一条丝带打个死结，然后用一个眼神解开它。有这种灵能的人都能做到。阿罗克也能——而那个愤怒的声音重复着：我不，我不想，我不愿意！

我坐起来，用手捂住脑袋。

歌里也坐了起来，与我并肩。她挠了挠细细的棕色的腿上一块差不多好了的伤疤，然后将细长的棕色脚趾伸开，撑了一会儿。我沉浸在自己突然的恐惧和怒气中，但也知道，她有话要说，她正鼓起勇气开口。

“上次我跟母亲一起去了柯迪莽。”她说。

“那你见过他了？”

“谁？”

“那个安伦。”

“哦，我以前就见过他，”她说，完全没有在意这个话题，“我们是去参加一次大狩猎，猎麋鹿。他们想让我们召唤从艾恩山麓下到雷尼河的鹿群，他们有六名弩手。母亲叫我也去，她想让我召唤麋鹿。我不想去。但她说我必须得去。她说，如果我不使用灵能，人们就不会相信我具备它。我说我宁愿驯马。她说，随便什么人都会驯马，但他们需要我们召唤麋鹿。她说：‘你不能在需要的时候放着灵能不用。’于是我就跟着去打猎了。我召来了麋鹿。”她的神情好像正看着那头麋鹿踱着步子从空中走向她，走到我们所在的高处。她深深地叹了口气。“它们来了……弩手射中了五头。三头年轻的雄鹿，一头老的雄鹿，还有一头母鹿。我们走之前，他们送了我们很多肉，还有礼物——一桶蜂蜜酒，还有纱线、织物。他们送了我一块漂亮的披肩。回头我给你看看。母亲对这次狩猎非常满意。他们还送了我们一把刀。那刀可美了，把手是鹿角镶银的。父亲说那是把古老的战匕。那是送给他的，是个玩笑。汉诺·柯迪说：‘你送的是我们需要的，我们送的是你不需要的！’但父亲很喜欢那把刀。”她抱着膝盖，又叹了口气，并无欢悦之意，而是十分压抑苦恼的样子。

我不知道她为什么跟我说这件事，倒不是说她要有什么具体的理由；我们彼此之间无话不说，无所不谈。她不是在自吹自擂，她从不这样。我不知道那次猎鹿对她意味着什么，她是开心、自豪，还是反之。也许她也不知道自己的想法，于是说出这件事想厘清思路。也许她说起这件事只是为了引我说出自己的故事，我的那次壮举。但我说不出口。

“你召唤的时候——”我开口道，然后又停下了。

她等着我往下说。

“是什么感觉？”

“我不知道。”她没明白我问的是什么，我自己都不是很明白。

“你第一次发挥灵能的时候，”我换了个说法，“你自己知道它能否成功吗？跟没有成功的时候，有没有什么不一样的感觉？”

“哦，”她说，“是的。”但没再说什么。

我等着她继续说。

“就是管用了。”她皱起眉毛，动动脚趾，想了想，最后说道，“这跟你的灵能不一样，奥莱克。你得用眼神，还有……”

她犹豫了一下，我接了下去：“眼神、手势、言语、意志。”

“没错。但召唤的时候，你只需要找出动物在哪里，然后想着它。当然每种动物都不同，但其实就有点类似伸出手，或高声呼唤，只不过基本上不需要用手或者发出声音。”

“但当灵能发挥出来的时候，你是知道的。”

“是的。因为它们就在那里。你知道它们在什么地方。你能感觉到。它们会回应。要么就直接过来了……就好像你和它们之间有根线牵着。一根弦，一根绳子，从这里开始，”她点点自己的胸前，“在你和它们之间。绷得紧紧的，像琴弦一样——你知道吗？你只要碰一碰它，它就会发出召唤。”我肯定是一脸茫然。她摇摇头，“这没法说出来！”

“但你做这件事的时候，心里清楚自己在做什么。”

“噢，那当然。即使在我还不会召唤的时候，有时我也能感觉到那根弦。只不过它绷得不够紧。没有调好。”

我坐在那里缩成一团，满心绝望。我想说说那条蝰蛇的事，却不知道怎么说。

歌里说：“你杀死那条蝰蛇时是什么样的？”

就这么简单，她让我从沉默中解脱出来。

我没法接受。我开口说了起来，还忍不住哭了。只有一会儿。眼泪令我既怒且愧。“没有任何感觉，”我说，“就是——就是什么感觉也没有。很容易。所有人全都大惊小怪的。太蠢了！”

我站起来，直接走到凸岩的尽头，用手撑着膝盖，弯腰探身，看着瀑布下面的水潭。我想做点大胆、勇敢的傻事。“来吧！”我转身说道，“看谁先到水潭！”歌里站起来，像只松鼠一样嗖地就从石头上下去了。最后我赢了，但两个膝盖都磕破了。

* * *

我骑着布兰提，翻过洒满阳光的山丘回家。让它慢慢走着平静下来，用毛巾给它擦身，刷洗，喂了食，让它在自己的马厩里对着罗安妮撒欢，然后进了屋，觉得自己履行了责任，像一个男人应该做的。

父亲没说什么，那也是应该的：他理所当然地认为，我做了该做的事情。晚饭后，母亲给我们讲了《卡姆汉》里的故事，那是本德拉曼人的传说，她从头到尾都背得滚瓜烂熟。她讲了英雄哈姆内达如何奇袭恶魔之城，被魔王打败，远遁荒野。父亲跟我一样听得聚精会神。在我记忆中，那是最后一个晚上——最后的好日子？我童年的终点？我不知道是什么在那天结束了，但第二天早上我一觉醒来，整个世界都变了。

“跟我来，奥莱克。”那天快到中午时，父亲说道。我以为他是说我们一起骑马出去，但他却带我步行了一段路，往枯树林那边去了，直到我们看不见屋子，置身于少有人迹、杂草茂盛的白蜡溪的沼泽中。我们行路时，他一言不发。在溪流上方的山麓，他停下了脚步。“给我展示一下你的灵能，奥莱克。”他说。

我曾说过，我一直都乐于服从父亲，不过往往并不轻松。这是根深蒂固的习惯，毕生不曾打破的惯例。我从未想过违抗他，也从不希望如此。他对我的要求即便很难做到，也一定是可行的，即使难以理解，最后也总是合理的，是对的。这会儿，我理解他叫我做什么，也明白他为什么有此要求。但我不愿意。

火石和钢刀可能并排躺在那里很多年，一直相安无事，然而一旦互斫，就会火花四溅。反叛就是一瞬间的事，就在顷刻之间，火花溅落，大火燃起。

我站在那里，面对着他。他叫我的名字时，我总这样站着，一言不发。

他朝我们旁边的一蓬乱草和旋花打了个手势。“消殒它。”他说，他的语气并不是命令，而是带着鼓励。

我站着不动。我瞥了那蓬杂草一眼，然后再没有看它。

他等了一会儿。他吸了口气，姿态有些细微的变化，更紧张了一些，但他还是没说什么。

“你要做吗？”最后他说，语气非常温和。

“不。”我说。

我们两人再次陷入沉默。我隐约听到溪流的汩汩声，白蜡林上方有一只鸟儿鸣唱着飞过，牧场里还有头牛躺在那里。

“你能做到吗？”

“我不做。”

再次沉默，随后他说：“这没什么可怕的，奥莱克。”他的声音很温柔。我咬了咬嘴唇，握紧拳头。

“我不是害怕。”我说道。

“要控制你的灵能，你必须去运用它。”卡诺克说，仍是那副温和的语气，我的决心不禁有些动摇。

“我不想运用它。”

“那它可能就会利用你。”

这话出乎我的意料。歌里是怎么说的，运用她的灵能，并被它利用？我记不起来了。我很困惑，但不愿意承认。

我摇摇头。

最后，他皱起了眉头。他的头向后一仰，仿佛面对着某个对手。他开口时，声音里的温和已不见踪影。

“你必须显露灵能，奥莱克，”他说，“即使不向我显露，也要向别人显露。这没的选。拥有这样的灵能就要为它效劳。你会是喀司普罗莽的头人。这里的人会依靠你，就像现在依靠我一样。你必须表现出他们能信赖你。你要通过运用灵能来学会如何去运用它。”

我摇摇头。

又过了一阵令人难堪的沉默，他开口了，几乎是耳语般地说：“是因为杀戮吗？”

我不知道自己反叛的是不是这个，我的灵能是用来杀戮、用来毁灭的这种想法。我想过这点，但不是很清楚，然而我经常带着恶心和恐惧想到那只老鼠，那条蛇……我现在只知道，我不想接受考验，不想试着发挥这种可怕的灵能，不想让自己成为这副样子。但卡诺克给了我一个理由，我接受了它。我点点头。

他深深地叹了口气，这是他唯一表示失望或不耐烦的方式，然后转过身。他探手伸进外套的口袋里，掏出一截带子。他总是随身带着一截截的绳子，农庄里随处都用得上。他将带子打了个结，扔到我们中间的空地上。他什么也没说，只是看看那绳结，又看看我。

“我不是条狗，给你玩把戏！”我尖声大叫起来。这话一出，我们之间顿时又陷入尴尬的沉默，简直令人脑子嗡嗡响。

“听着，奥莱克，”他说，“在德拉姆莽，你只能如此，如果你选择这样来看待你的灵能。要是到时候你不能显露灵能，奥吉会怎么想，怎么说？如果你拒绝学会运用灵能，我们的子民就没有人可依赖了。”他深吸一口气，有那么一会儿，他的声音充满了愤怒，“你觉得我就喜欢杀死老鼠吗？我是梗犬吗？”他停下来，看着旁边，最后说道，“想想你的职责。我们的职责。好好想一想，等你想明白了再来找我。”

他弯腰捡起那段绳子，用手指解开绳结，把它放回口袋里，然后大步走开了，往山上的白蜡树林走去。

现在我回想起来，我想到的是他很珍惜那段绳子，因为绳子难得，不能浪费，想到这里，我又哭起来；但此时的眼泪与那天不一样了，那天我从那个地方下到溪谷，一路羞愤交加地擦着泪水。

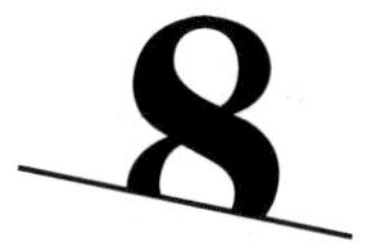

在那之后，我和父亲之间的情形完全不一样了，因为他的要求和我的抗拒成了我们之间的隔阂。但他对我的态度没变。他有几天没有重提这件事。当他再次提起时，他没有命令我，而是几乎不经意地问了一句。那是一天下午，我们从东面边界骑马返回的时候：“现在你准备好试试你的灵能了吗？”

然而我的决心已经越发坚定，像一堵墙、一座石塔一样围绕着我，我躲在里面，抗拒他的要求，他的问题，还有我自己的疑问。我马上回答：“不。”

我这么直白肯定，一定让他大为吃惊。他没说什么。我们骑马回家的路上，他一句话也没对我说。那天剩下的时间里他也没有跟我说话。他一副疲惫而严厉的样子。母亲看到这番情形，可能也猜到了原因。

第二天早上，她叫我去她的房间，托词说让我试试她给我做的外套。她让我站着，像稻草人一样伸着胳膊，她自己跪在地上，绕着我转来转去，取下缝衣针，标记扣眼的位置，她嘴里衔着针说：“你父亲很担心。”

我一脸怒容，一言不发。

她拿出嘴里的针，坐在脚跟上：“他说他不知道奥吉头人为什么如此行事。不请自来地拜访，又请我们去他家，还做出了关于他孙女的暗示，种种的事情。他说，德拉姆家和喀司普罗家从来就没什么交情可言。我说：‘得了，晚来总比不来好。’但他只是摇头。他很担心。”

这番话是我没料到的，也将我从自我陶醉的状态拉了出来。我不知道该说什么，但绞尽脑汁想说点显得聪明又不失宽慰的话：“没准是因为我们两家的领地现在挨着了。”这已经是我能想到的最好的话了。

“我觉得他就是担心这个。”梅乐说。她从嘴里换下一根针，把另一根插到衣服下摆。那是一件成年男人穿的大衣，用黑色毛毡做的，我以前还没穿过这种衣服。

“所以，”她一边说，一边拿下嘴里的针，又坐回去打量衣服是否合身，“等到这次做客的事情结束了，我会非常高兴！”

我感觉到沉甸甸的内疚，仿佛那件黑色大衣是用铅做的。

“母亲，”我说，“他想让我练习那种灵能，就是消殒。我不想练，他就火了。”

“我知道。”她说。她继续调整外套的下摆，然后停住手，看着我，仰视我，因为她跪在地上，而我站着。“这件事情，你们俩哪个我都帮不了。你明白吗，奥莱克？我不懂这个，也没法插手。我也不能横在你和你父亲中间。看着你们俩都不高兴，这感觉很难受。我只能对你说，他对你有这样的要求，是为了你，为了我们大家。如果这是错的，他肯定不会做出这样的要求。你知道的。”

她必须站在他那边，他的立场，理所当然。这是对的，也是应该的，但同时这也是不公平的，对我不公平，所有的权利都在他那边，所有的道理、理由，甚至连她都必须站在他那边——只留下我一个，愚蠢顽固的男孩，不能运用我的权利，声张我的权利，或说出我的理由。因为我看出了这种不公平，我甚至都不想试着申辩。我抽身离开，躲进自己怒火万丈的羞愧中，我的石塔里，在里面站着，哑然无声。

“是因为你不想伤害生灵，所以才不愿意运用灵能吗，奥莱克？”她很小心地问道。即便对我，她也是小心翼翼，在这个她几乎不了解的不可思议的灵能面前，她保持着谦卑。

但我不想回答她的问题。我没有点头或者耸肩示意，也没有说话。她瞥了一眼我的脸，然后将目光转回去看她手里的活儿，沉默地做完了。她将那件快做好的大衣从我肩上脱下来，抱了我一下，亲亲我的脸颊，然后让我出去了。

在那之后，卡诺克又有两次问我愿不愿意试试我的灵能，我两次都以沉默抗拒。第三次他没有问，而是直接说道："奥莱克，现在你必须听我的。"

我沉默不语地站着。我们离家不远，但周围没人。他从不当着人的面考验我或羞辱我。

"告诉我你害怕什么。"

我静静地站着。

他面对着我，离我很近，他的眼神炽烈，声音充满了痛苦和激情，像鞭子一样抽打着我："你是害怕自己的灵能，还是怕自己不具备灵能？"

我喘着气，大声喊道："我才不怕！"

"那就用起来！现在！随便击中什么！"他猛地挥动右手。他的左手握拳，贴在身侧。

"我不！"我说着，浑身颤抖，两只手都紧紧地握拳，放在胸前，低下了头，因为我受不了他怒视的眼神。

我听到他转身走了。他的脚步声沿着小路，进了院子。我没有抬头看。我站在那里瞪着眼睛，盯着一小丛金雀花，它在四月的阳光里刚刚长出叶子。我盯着它看，想着它变黑枯死的样子，但我没有抬起手，也没有运用我的声音或意志。我只是这么看着，看着它绿意盎然，生机勃勃，漠然于周遭的一切。

后来，他再没要求我运用灵能。一切如常。他跟我说话也与平常无异。他不会微笑或大笑，而我不敢看他的脸。

我一有空就去看歌里，骑着罗安妮，因为我不想去问能不能骑那匹小马。罗德莽的一头母猎犬生下了一窝丑得要命的幼崽，有十四只。它们早就过了断奶期，但仍然特别好玩，特别蠢，我们总跟它们玩。我特别喜欢跟其中一只玩，这时特诺克经过，看着我们。“来，带上这只小狗。”他说，“把它带回去吧。我们少几只也没事，肯定的，卡诺克说过他可能想要一两只猎犬。我觉得这只小狗还挺合适的。”那只小狗是这一窝里面最漂亮的，纯黑和棕褐色相间。我很开心。

“还是选大个子吧，”歌里说，“它聪明多了。”

“但我喜欢这只。它老亲我。”小狗听了这话就忠实地舔了我一脸。

“就叫它‘亲亲’。”歌里无动于衷地说。

“不行，它才不叫什么亲亲！它叫……”我想找个有气概的名字，然后想到了。

“它叫哈姆内达。”

歌里一脸疑惑不安，但她从不争辩。于是我把那只长腿、黑棕两色的小狗放在马鞍上的篮子里带回了家。有一阵子，它成了我的安慰，也是我的玩伴。然而我当然本应该听歌里的，她比任何人都了解她的那些狗。哈姆内达迟钝得无可救药，而且特别容易激动。它不光像任何小狗那样，在地板上撒尿，还把尿弄得到处都是，因此很快它就被禁止进屋；它还会弄伤自己，跑到马脚底下，咬死了马厩里最能捕鼠的猫和它的猫崽，咬了花匠，还有厨子家的小儿子，毫无来由地狂吠加呜咽，日夜不停。所有人都极其火大，它被关起来免得惹祸时，叫得更厉害了。它完全学不会任何东西，也学不会不能干什么事情。过了半个月，我就讨厌死它了，我希望能摆脱它，但耻于承认自己对这只没脑子的倒霉小狗不忠实，甚至对我自己也不愿意承认。

一天上午，阿罗克和我要跟父亲一起骑马去高地牧场，检查春天生下的牛犊。父亲跟平常一样骑着灰鳖，但这次他让阿罗克骑罗安妮，我则骑着那匹小马。在那个上午，这很难说算是一种优待。布兰提脾气很坏。它老是甩头，屏气，蹄子乱踢，还想咬人，我上马时，它跳个不停，一会儿横着走，一会儿倒退，用各种方式让我难堪。我刚觉得控制住了马，哈姆内达不知道从哪里冲了出来，直直地朝着小马跳过去，狂吠乱叫，一截断了的绳子垂在它身边。布兰提前蹄腾空而立，令我没法坐稳，我朝着狗大吼。我极力保持在马上没有摔下来，重新坐好，勒住了受惊的小马，这一切都是在狂怒之中。最后布兰提终于站好了，我去看那条狗，却只见院子里的步道上有一堆黑色和棕色的皮肉。

“怎么回事？”我说。

父亲坐在他的马上，看着我：“你不知道吗？”

我盯着哈姆内达。我还以为一定是布兰提踩到了它，但没有血迹。它摊在那里，没有骨头，看不出形状。一条黑棕两色的长腿伸着，跟软绵绵的绳子似的。我从马上一跃而下，却不敢走近地上那团东西。

我抬头瞪着父亲，大声喊道：“你非得杀死它吗？”

“是我干的？”卡诺克说，他的语气令我浑身发凉。

“唉，奥莱克，是你自己，”阿罗克说着，让罗安妮走近了些，“千真万确，你挥了一下手，你是为了让马儿不被那条蠢狗伤到！”

“我没有！”我说，“我没——不是我杀了它！”

“你知道自己有没有做过吗？”卡诺克几乎带着奚落的语气。

“跟你上次消殒那条蛇的时候一模一样，千真万确，”阿罗克说，“眼神真利！”但他的声音有些不安，或是不快。

房子里和外面的人听到动静，都来到院子里，站在那里目瞪口呆。马儿全都焦躁不安，想离那条死狗远些。布兰提的缰绳被我紧紧抓在手里，它浑身颤抖，流着汗，我也一样。顷刻之间，我转身就吐了出来，但我没有放开缰绳。我擦了嘴，喘匀了气，牵着布兰提走到上马的石头边，重新上了马。我几乎说不出话来，但还是问道："我们要出发吗？"

就这样，我们骑马去了高地牧场，一路沉默。

那天晚上，我问他们把狗埋在什么地方了。我去了那个地方，经过垃圾堆，站在那里。对可怜的哈姆内达，我并没有觉得太伤心，但我内心里却有种难言的悲痛。黄昏时分，我准备回屋，父亲站在小径上。

"我为你的狗感到难过，奥莱克。"他用郑重、平静的声音说。

我点点头。

"告诉我：你想要消殒它吗？"

"不。"我说，但并不是完全确定，因为对我来说再没有什么是清楚明确的了。那条狗奇蠢无比，还惊了马，我讨厌它，但我并没有因此而杀死它的念头，有吗？

"然而你这么做了。"

"我不是有心的。"

"你不知道自己在运用灵能？"

"不知道！"

他已经转过身，跟我一起走，我们沉默不语地朝屋子走去。春天的暮色十分清新，带着寒意。西边的新月旁挂着晚星。

“我像喀达尔德吗？”我低声问。

他过了很久才回答。“你必须学会运用灵能，控制它。”他说。

“但我做不到。我想运用它的时候，什么动静也没有，父亲！我试过无数次——只有在我不想运用的时候——像那条蝰蛇——或是今天的情形——我没有一点感觉——就这么发生了——”

这些话一股脑儿地冲了出来，我内心犹如有座高塔，而砌塔的石头正稀里哗啦地往下掉。

卡诺克没有回答，只是发出了一点内疚的声音。我们走着的时候，他将手轻轻放在我肩膀上。走到大门口时，他说：“这就是他们所谓的野性灵能。”

“野性？”

“不受意志控制的灵能。”

“危险吗？”

他点点头。

“那——那怎么办？”

“耐心点，”他说，他的手又在我肩上搭了一会儿，“鼓起勇气，奥莱克。我们会知道该怎么办。”

知道父亲没有生我的气，同时我内心也没有了对他的那种愤怒抗拒，这令我如释重负；然而那天晚上他的话把我吓得不轻，没有觉得安慰。第二天早上，他叫我跟他出去，我很爽快地去了。如果我能做点什么，我都愿意做。

那天早上他沉默而严厉。我当然以为都是我的缘故，但我们朝白蜡溪谷那边步行时，他说：“杜莱克今天早上来了。他说我们的两头白色小母牛不见了。”

那些母牛以前是罗德家的，一共三头，非常漂亮，卡诺克用我们与罗德莽边界上一大块上好的林地换来了它们。他希望重新在喀司普罗莽培育这种牛群。过去一个月，这三头牛放牧的地方在我们领地南边一处平坦的草场，靠近放羊的地方。一个农奴妇女和她儿子的小屋在那片牧场附近，她照看这些牛，跟她在那里养的五六头乳牛在一起。

“他们发现篱笆有破损吗？”我问道。

他摇摇头。

除了灰鳖、罗安妮和布兰提，还有土地本身，那些小母牛是我们最宝贵的东西了。

一下子丢了两头，这对卡诺克来说会是沉重的打击。

“我们要去找它们吗？”

他点点头："今天就去。"

"它们没准上汐尔崖了——"

"它们自己不可能上去。"他说。

"你觉得……"我没有说下去。如果母牛是被人偷了，可能的偷牛贼太多了。在那个位置，最有可能动手的就是奥吉・德拉姆或者他手下的人。但推测人家偷牛是很冒险的。很多暴烈的争斗就是从一句不经意的话开始，甚至都不一定是指责的话。虽然只有父亲和我，没有旁人，但在这些事情上，谨慎的习惯根深蒂固。我们没再说什么。

我们来到几天前曾经停留的地方，就是我第一次违抗他那天。他说："你会不会——"但他没说完，用几乎是恳求的目光看着我。我点点头。

我看看四周。山坡缓缓上升，长满了草，还有很多石头，盖住了上面更高的山坡。一棵小白蜡树在小路边上落住了脚，挣扎着独自生长，细细瘦瘦的，也很矮，但勇敢地抽出了叶芽。我看向别处。我们前方的小路旁边有座蚁丘。这会儿还是大清早，然而在蚁丘顶部的口子那里，红色的大蚂蚁已经熙熙攘攘地进进出出，排着队，忙个不停。那座蚁丘挺大的，裸露的黏土高高隆起，足有一英尺高。我以前见过这种昆虫城市的遗迹，可以想象眼前这座蚁丘在地下的巷道，复杂的走廊和过道，还有阴暗的建筑。在那个瞬间，我没有让自己多想，我伸出左手，盯着蚁丘，呼吸的气息带出了尖锐的声响，我用所有的意志去消殒、消灭、摧毁它。

我看到的依然是阳光下的绿色草地，矮矮的白蜡树，裸露的棕色蚁丘，红黑色的蚂蚁在窄窄的入口处忙碌地进进出出，形成杂乱参差的队伍，穿行在草丛中，穿过小路。

父亲站在我身后。我没有转身。我听出了他的沉默，觉得难以忍受。

一股懊恼涌上心头，我紧紧闭上眼睛，希望自己再也不用看见这个地方，那些蚂蚁、草、小路、阳光——

我睁开眼，看到草叶蜷曲，变成了黑色，蚂蚁不再行动，灰飞烟灭，它们的蚁丘塌陷，成了尘土飞扬的洞穴。我面前的地面似乎在蠕动、沸腾，向山坡上方蔓延，发出崩塌分裂的声响，在我前面的什么东西颤抖、扭曲，变成了黑色。我的左手依然直直地伸着，指向前方。我握紧了它，用两只手遮住了脸。

“让它停下！让它停下！”我叫道。

父亲的手放在我肩上。他搂住了我。

“好了，”他说，“好了。没事了，奥莱克，没事了。”我能感觉到他也在颤抖，跟我一样，他的呼吸非常急促。

我放下遮着眼睛的手。我马上将头转开去，对眼前的景象惊骇不已。我们面前的半个山坡好像被火旋风席卷而过——破败枯萎——毫无生机的地面上有一堆裂开的卵石。那棵白蜡树成了一截裂开的树桩。

我转过身，把脸埋在父亲胸口：“我还以为那是你，我以为站在那里的是你！”

“怎么了，孩子？”他非常温柔，用手揽着我，像对待受惊的小马驹一样，低声细气。

“我差点杀了你！——但我不是，我不是有心的！我不想这样！这是我造成的，但我没有这个意愿！我该怎么办！”

“好了，好了，奥莱克。别怕。我不会再让你——”

“但那没用！我没法控制！我想运用的时候没法用，然而不想运用的时候却用出来了！我不敢看你！我不敢看任何东西！要是我——要是我——”我说不下去了。我身子一软，坐在地上，浑身无力，充满了恐惧和绝望。

卡诺克挨着我坐在小路上的土里，让我自己慢慢平静下来。

最后我坐直了身体。我说道：“我像喀达尔德一样。”

那是陈述，并不是提问。

“也许——”父亲说，“也许像喀达尔德小时候，并不是他杀死妻子的时候。那时他已经疯了。但他小的时候，他的灵能也是野性的。它不受他的控制。”

我说："他们把他的眼睛蒙了起来，直到他学会怎么控制灵能。你也可以把我的眼睛蒙起来。"

这话说出来感觉很疯狂，我希望自己没说过。但我抬起头，看着前面的山坡，那里是一大片枯草和萎凋的灌木，灰尘碎石，不成形的废墟。原先在那里的所有活物都已经死了。原本那些复杂精细、条理分明的形态都被毁掉了。白蜡木成了光秃秃的丑陋树桩。这都是我造成的，我不知道自己造成了这样的后果。我并不想这样，然而却造成了这幅景象。我之前满心愤怒……

我又一次闭上眼睛。"这是最好的办法。"我说。

也许我心里还有些希望父亲能有更好的办法。然而过了很久，他才低声说："要么先试一阵子吧。"他的声音里仿佛带着羞愧，因为他说不出别的话。

对于我们刚刚说起的事情，我们两人都没准备好在这个时候去做，甚至去考虑这件事。小母牛的事情还摆在面前，不知道是走失了，还是被偷了。我当然希望跟他一起骑马去找，他也希望我跟着他。于是我们回到石屋，上了马，和阿罗克以及其他几个年轻人一起，就这样出发了，对于白蜡溪边发生的事情，我们没再多说什么。

然而那一天十分漫长，我一次又一次地望向绿色的山谷，溪流边成行的柳树，开花的石楠木，还有早开的黄锦葵花，我望向高处那些蓝色和褐色的山峰，搜寻几头小母牛的踪影，但与此同时，我非常害怕自己的目光，怕自己瞪视的时候太用力，看到草木在无形的烈焰之中发黑枯萎。然后我会看向别处，垂下目光，左手在身边紧紧地握着，把眼睛闭上一会儿，试着什么也不去想，什么也不看。

那天我们疲惫不堪，徒劳无功。负责看牛的那个老妇人被卡诺克的怒火吓得半死，说话颠三倒四，完全听不明白。她儿子本来应当在靠近德拉姆莽领地的草场照管牛，但去了山上猎兔子。在牛有可能穿过去的地方，我们没发现围栏破损，然而那些本来就是老旧的石头围栏，顶上打了木桩，偷牛贼可以轻松地将木桩拔起，然后恢复原样，来掩盖踪迹。还有一种可能是，那些依然年轻、富有冒险精神的小母牛只是走远了，跑到了某个峡谷里，这会儿没准正在东汐尔崖层层叠叠的广阔山坡上安安静静地吃草。不过如果是这种情况，还有一头牛留了下来就挺奇怪的，牛都是彼此跟随。剩下那头漂亮的小母牛现在被关在谷仓里了，虽然为时已晚。它不时哀怨地叫着，呼唤它的同伴。

阿罗克和他的堂弟杜莱克，还有那个老妇人的儿子，他们一起去高坡上找牛，父亲和我骑马回家，绕路沿着与德拉姆莽的边界而行，一路上留意着有没有白牛。这个时候，我骑着马，只要是在高地上，我就会极目向西边看，搜寻小母牛的踪影，而我心里想的是，如果我不能这样做，会是什么情形——不能用眼睛看；无论怎么看，都只能看到一片黑暗。那样的话，我还有什么用？我帮不了父亲，只会成为他的累赘。这样的想法让我非常难受。我开始想到自己以后无法再做到的事情，然后又想到我再也看不见的那些事物，一个一个地想到它们：这座山，那棵树。艾恩山那圆润的灰色山巅。山顶缭绕的云。我们骑马沿着峡谷回到石屋时，看到的逐渐浓厚起来的暮色。一扇窗户里亮着的昏暗的黄色灯光。罗安妮的耳朵在我前面，不时扑扇。布兰提红色的前额鬃毛下面，那明亮的黑色眼睛。母亲的面孔。她戴的一条银链子上面那块小小的蛋白石……我一样一样地想到所有的东西，每一次都感到一阵尖锐的刺痛，因为这些小小的痛苦虽然没有止境，但仍然更容易承受。而意识到我必须不能看见什么东西，什么也看不到，必须蒙住眼睛。那种巨大的痛苦才是更难承受的。

我们都疲累不堪。我还以为，没准我们会继续什么也不说，至少再过一晚上，我以为卡诺克会推迟到第二天早晨再说。（要是我看不见山上的晨光，早晨又有什么意义呢？）但疲惫而沉默地吃完晚饭，他对母亲说，我们必须谈谈，于是我们都去了母亲在塔楼的房间，那里生了火。那天天气晴朗，但依然寒冷，正是四月末多风的日子，晚上很冷。就着温暖的炉火，我的腿和脸都很舒服。就算看不见了，我也还是能感觉到，我心里想着。

父亲和母亲说起了丢失的小母牛。我凝视着燃烧跳动的火苗，在短短的一刹那曾经占据我心灵的那种疲惫平和悄然消失了，我的心里一点点地充满了巨大的愤怒，对落在我身上的不公的愤怒。我不愿意承受。我不想忍耐。我不想因为父亲害怕我，就蒙住自己的眼睛！火苗舔着一段枯树枝，发出噼啪的声音，火光闪耀，我喘了口气，转向他们，转向父亲。

他坐在木椅上。母亲坐在他身边，在她喜欢的那张十字腿的凳子上；她的手覆着他的，放在他膝上。在火光映照下，他们的脸明灭不定，温和而神秘。我的左手举了起来，颤抖地指着他。我猛地警醒，眼前出现溪边山坡上那棵白蜡树枯萎、枝叶焦黑的景象，我用两只手遮住眼睛，非常用力地按着，这样我就看不见东西了，什么也看不见，只有一片模糊的黑色，就是你使劲按着自己眼睛时看到的那种情形。

“怎么了，奥莱克？”这是母亲的声音。

“告诉她，父亲！”

他犹犹豫豫，非常艰难地开始给她讲之前发生的事。他说的时候没有条理，也没说清楚，我对他的笨口拙舌不耐烦起来。“就说哈姆内达怎么了，说白蜡溪边的事！”我下令道，依然紧紧地捂着眼睛，将眼睛闭得更紧，心里再次弥漫起那阵可怕的怒火。他为什么就不能直说？他颠三倒四地重新开始，似乎没法说到点子上，说不出来一切是什么后果。母亲几乎没有说话，试图理解这一大堆令人困惑沮丧的东西。“但这种野性的灵能——？”最后她问道。卡诺克又吞吞吐吐起来，我插了话：“这意思是，我拥有消殒的灵能，但无法控制它。我想运用它的时候用不出来，而不想用的时候却能发挥它的力量。如果我现在看着你们，可能会把你俩都杀死。”

一阵沉默，然后她开口了，语气里充满抗拒，愤愤不平：

“但肯定——”

“不，”父亲说，“奥莱克说的是真的。”

“但你训练过他，教过他，教了这么多年，从他还是个孩子的时候起！”

她的话只是加剧了我的痛苦和愤怒。“那根本没用。”我说，“我就跟那条狗一样，哈姆内达。它就是学不会，它一点用也没有，还很危险。最好的办法就是杀了它。”

“奥莱克！”

“是灵能本身。”卡诺克说，“不是奥莱克，而是他的灵能——他的灵能。他没法掌控利用，反倒有可能受制于它。这很危险，他说得对。对他自己，对我们，对所有人都是。他会慢慢学会控制它。这是非常强大的灵能，他年纪还小，假以时日……但现在，现在必须剥夺他的力量。”

“怎么做？”母亲的声音细如游丝。

“用蒙眼布。”

“蒙眼布！”

“眼睛蒙上就没有力量了。”

“但蒙眼布——你是说，当他出门的时候——他跟别人在一起的时候——”

“不是。”卡诺克说。然后我说道：“不是。所有的时候。直到我知道自己不会在无意之间伤害别人或杀死别人，等到大错铸成、人家都死了的时候才知道，等人家躺在那里像一摊烂肉的时候才知道。我不想再那样做了。再也不想了。永远。”我坐在炉边，双手捂着眼睛，弯着腰，感觉很不舒服，在黑暗之中头晕目眩。“现在就蒙上我的眼睛，”我说，“现在就来吧。”

我不记得梅乐有没有继续反对，而卡诺克是不是进一步坚持。我只记得自己的痛楚，还有最终如释重负的感觉。父亲走到我在壁炉边蜷坐着的地方，温柔地将我的双手从脸上拉下来，轻轻地将一块布蒙在我眼睛上，在我脑后系了个结。那块布是黑色的，他系上之前，我看见了，我最后看见的就是这个：火光，还有父亲手上那块黑色布条。

之后，我就陷入了黑暗。

我感受到了看不见的炉火的温暖，跟我想象的一样。

母亲无声地哭着，不想让我听到她在哭，但眼睛看不见的人耳朵特别灵。我不想哭。我流的泪已经够多了。我累极了。他们的声音低低的。炉火发出轻柔的噼啪声。

在温暖的黑暗中，我听到母亲说：“他睡着了。”然后我睡了过去。

一定是父亲把我抱到了床上，像我小时候一样。

我醒来后，周围一片漆黑。我坐起来，想看看窗外的山间有没有晨曦，但我没看见窗户，心里想着，难道是云太厚了，遮住了星星？随后我听到了日出时的鸟鸣声，一抬手，摸到了蒙眼布。

* * *

一个人好端端地把自己弄成一个瞎子，那可真是别扭的事情。我曾经问卡诺克，意志是什么？用意志去促使是什么意思？现在我知道了。

偷偷地看一看，瞄一眼，就瞄一下——这种诱惑当然是无穷无尽的。现在这种状态之下，每一步路、每个动作都无比困难复杂、笨拙局促，然而本来是可以非常轻松自然——如此轻松，如此自然。只要拿掉蒙眼布，就一会儿，就解开一只眼睛，就偷偷地瞥一眼……

我没有拿下蒙眼布，但它有几次自己掉下来了，而我还没来得及闭上眼睛，整个世界的明亮光线就令我眼花目眩。我们学会了先在眼皮上盖一层柔软的布头，再系上蒙眼布，这样就不需要系得很紧以致令人痛苦，而我也能安安心心地看不见东西。

这就是我的感受：安心。学着做个盲人，这当然是让人不舒服的事情，也非常艰难，但我坚持下来了。我对于目不能视的无助与沉闷越是不耐烦，对蒙眼布越是愤怒，就越害怕拿掉它。它让我免于恐惧，不用担心自己摧毁了并不想摧毁的东西。戴着蒙眼布的时候，我就不可能杀死自己所爱的事物。我还记得自己的恐惧和愤怒造成了什么后果。我记得那一刻，我以为自己害死了父亲。如果我没法学会怎么运用我的灵能，那我可以学着怎么不去使用。

这是我的意志，因为我的意志只能这样发挥作用。只有在这样的约束之下，我才能有自由。

第一天蒙上眼睛时，我在石屋门厅摸索，一路扶着墙，直到我的手碰到了盲眼喀达尔德的东西。我已经很多年没正眼看过它了。小时候我总爱去摸它，因为我不应该摸，那似乎是半辈子前的事了。但我还记得它的位置，而且我知道，自己现在有权利拿起它了。

它对我来说太长，而且十分沉重，并不合手，但我喜欢手握之处那积年磨损的光滑质感，比我在自然的情况下伸手会够到的位置高一点。我将它伸出去，在地板上扫来扫去，用另外一端敲打墙壁。借助着这根木杖，我又回头穿过了大厅。在那之后，我出门时经常带着它。在屋子里，我用手摸索着走路还更好些。而到了户外，那根木杖会给我某种安慰。它是件武器。如果我受到威胁，我可以用它攻击。不是用我的灵能那种可怕的力量攻击，而是直接用它抽打，用来报复和防御。因为看不见，我一直都觉得脆弱，知道任何人都可能捉弄我或是伤害我。我手里这根沉重的棍子稍稍弥补了这一点。

最初的时候，母亲不像平常那样能够抚慰我，父亲才是我寻求坚定的赞许和支持的对象。母亲无法赞同，她不能相信我做的事情是对的、必要的。在她看来，这样的做法残忍骇人，是可怕的、非自然的力量或信仰造成的结果。“你跟我在一起的时候可以拿掉蒙眼布，奥莱克。”她说。

“妈妈，我不能。”

“心怀恐惧太傻了，奥莱克，简直就是蠢。你绝对不可能伤害我。我知道的。在外面如果必须戴，那就戴着吧，但在这儿跟我一起的时候不用。我想看到你的眼睛，我的孩子！”

“妈妈，我不能。”我只有这一句话。我不得不说了一遍又一遍，因为她又哄又劝。她没看到哈姆内达的死状；她从没跟我们一起去过白蜡溪，亲眼看看那片可怕的、被诅咒的山坡。我想过叫她去那里，但说不出口。对她的理由，我不会回答。

最后，她十分辛酸地对我说：“这是无知的迷信，奥莱克。”她说：“我为你感到羞愧。我还以为自己把你教得更懂道理。如果你心存恶念，你觉得眼睛上蒙块破布就能防止你做恶事吗？而如果你心怀善意，你现在又该如何行善？‘你会用一堵草墙挡住风吗，能空口一说就让潮水停息吗？’”满心绝望之中，她重新捡起了本德拉曼的经典，她小时候在父亲家里就会背那些了。

我依然不为所动，于是她说：“那我要不要把我给你做的书烧掉？现在它对你没用了。你又不需要它。你已经蒙上了眼睛——蒙上了你的心灵。”

我听了这话不由得大叫：“那又不是永远的，妈妈！”我不喜欢谈论或者想起任何有关蒙眼期限的事，或者我能重见光明的那一天；我不敢去想，因为我不能想象在什么情况下才能实现，也害怕是空盼一场。但她的威胁，还有她的痛苦，让我不得不吐露。

“那要多久？”

“我不知道。等我学会——”但我不知道该说什么。我怎么才能学会运用自己用不了的灵能？我不是一直都在努力尝试吗，这辈子一直都是？

“你已经学过了你父亲能教你的所有东西，”她说，“学得未免太好了些。”然后她站起来，从我身边走开了，再没说一个字。我听到她将披肩搭到肩上时那轻柔的窸窣声，她的脚步声出了大厅。

她不是那种犟脾气的人，像这样的怒气不会持续很久。那天晚上我们道晚安的时候，从她的低语声里，我听出她带着甜蜜而又懊悔的微笑。“我不会烧掉你的书，乖孩子。也不会烧掉你的蒙眼布。”在那之后，她再没恳求，也不再抗议，只是将我目不能视的状况视作既成事实，尽可能地帮我。

我发现，适应盲眼状态的最好办法是像我能看见一样行事：不要蹑手蹑脚地摸索，而是大步走，撞墙就撞墙，摔倒就摔倒。我记住了屋子和院子周边的路，烂熟于心，走起来随心所欲，爱出门就出门。我给老马罗安妮上鞍子和笼头，它对我的笨手笨脚很耐心，从我五岁起它就是这样，我骑上马，任由它把我带到它觉得合适的地方。只要上了马，听不到马厩围墙的回声，我就完全漫无目的；我只知道自己可能在山坡或者高原上，甚至在月亮上。但罗安妮知道我们身在何处，也知道我骑马时不再像以前那样傻乎乎的，不知道怕。它照料着我，会把我带回家。

“我想去罗德莽，”眼睛蒙上了半个月或更久之后，我说，“我想叫歌里送我一条狗。”我下定了决心才说出这句话，因为可怜的哈姆内达和我把它变成的那堆可怕的东西还在我脑海里，好像刻进去了一样。然而头一天晚上，我想到可以养条狗，帮助看不见的自己，我知道这是个好主意。而且我也很想跟歌里聊聊。

“一条狗。”卡诺克惊讶地说。但梅乐马上就明白了，说道：“这主意不错。我骑马——”我知道，她要说的是她骑马替我去罗德莽跑一趟（但她骑马不太在行，即使是骑着罗安妮，她也有些怕），结果她却说：“我骑马跟你一起去，如果你愿意的话。”

“我们明天去行吗？”

“过几天吧，”卡诺克说，“我们该准备去德拉姆莽了。”

由于这段时间发生的事情太多，我已经完全忘记了奥吉头人和他的邀请。这番提醒太讨厌了。“我现在去不了！”我说。

“你可以。”父亲说。

“为什么他非得去？我们为什么非得去？”母亲质问道。

“我说过利害关系了。”卡诺克的声音很强硬，“即使不能成为朋友，这也是讲和的机会。还有，没准是结亲的提议。”

“但现在奥吉·德拉姆不会想把孙女嫁给奥莱克的！”

“不会吗？在他知道奥莱克一个眼神就能杀人之后？知道他的灵能太强，必须蒙上眼睛才能让他的敌人幸免？哼，他会很高兴地提出要求，也会高兴地接受我们选择给予的东西。你难道不明白？”

我从未听过父亲的嗓音里这种刺耳、激烈的胜利语调。它古怪地震惊了我，令我如梦初醒。

我第一次意识到，蒙上眼睛的自己并不只是脆弱不堪，还充满了威胁。我的力量如此强大，以至于不能释放，而必须加以限制。如果我解开蒙眼布……那我本人就跟喀达尔德的手杖一样，会是一件武器。

在那一刻我也明白了，为什么家里和领地上那么多人在我蒙住眼睛之后会以那样的方式对我：他们对我说话时惴惴不安、恭恭敬敬，不像以前那样随意地把我当成同伴。在我走近的时候，他们会沉默不语，走过我身边时则蹑手蹑脚，好像他们希望我听不到他们的动静。我还以为他们避开我、讨厌我是因为我的眼睛看不见。我没有想过，他们是因为知道我为什么看不见而害怕我。

事实上，我后来才知道，在口口相传中，这个传说越来越离谱，各种离奇可怖的事情都被归到我头上。传说我消殒了整整一群野狗，让它们像尿泡一样炸开。我对着山头扫视过去，就清除了喀司普罗莽所有的毒蛇。我曾经瞥了一眼老乌布罗的小屋，当天晚上，那个老人就瘫倒在地，说不出话了，而且这不是什么惩罚，只是野性的灵能无缘无故的发作。我去找那些丢失的小母牛时，一眼看到它们，就不由自主地把它们给消殒了。因此，出于对这种不受控制的可怕灵能的恐惧，我弄瞎了自己的眼睛——或是卡诺克弄瞎了我的眼睛——不过也有人说不是这样，只是用蒙眼布蒙住眼睛而已。要是有人不相信这些传言，他们就会带人家去看白蜡溪上边那片被毁的山坡，那棵死掉的树，还有荒地上散落的田鼠、鼹鼠和老鼠的碎骨头，以及炸开的石块和碎石。

那时候我还不知道这些传闻，但我恍然大悟，原来自己有了一种新的灵能，不在于行动，而在言语之中——在于传闻的名声。

“我们要去德拉姆莽，”父亲说，“是时候了。就后天。如果早些动身，黄昏前就能到。带上你那件红色长袍，梅乐。我想让奥吉·德拉姆看看他送我的礼物。”

“我的天，”母亲说，“我们得待多久？”

“五六天吧，我估计。”

“哎呀，天啊。我给头人太太带点什么呢？我得给她带点登门的礼物才行。”

“那不是必需的。”

“就是必需的。”母亲说。

“唉，带一篮子什么吃的吧？”

“哈，”母亲说，“现在这个时候什么也没有。”

“一篮鸡崽。”我提议道。那天上午，母亲带我去了养鸡鸭的院子，让我照管一窝刚出壳的小鸡，将它们放在我手里。它们叽叽地叫着，触手温暖，轻得像没有分量一样，毛茸茸的，在我手上啄来啄去。

“就这么定了。”她说。

两天后，我们一早出发，她的鞍桥下挂了只篮子，里面传出叽叽的叫声。我穿上了新的短褶裙和外套，代表着我长大成人的外套。

由于我只能骑罗安妮，梅乐就骑着灰鳖，那匹马儿完全值得信赖，但十分高大，吓到了她。父亲骑着那匹马驹。他已经将布兰提的大部分训练都交给了我和阿罗克，但只要看到他骑着布兰提的样子，就会觉得他和这匹马驹天生就是一对，都是那样帅气、紧张、充满自豪、莽撞轻率。我真希望那天早上能看见他。我很想看看他。但我骑着罗安妮，任由它载着我走进黑暗中。

10

整天骑行，看不见我们穿行的田野，那感觉很怪，也十分乏味。只能听见马蹄踏在软土或石头地面上的声音、马鞍嘎吱作响的声音，闻到马身上的汗味和金雀花的香味，感觉到风的吹拂，从罗安妮的步态猜测路上的情形。路上要是有什么变故，马儿稍一失足、摇晃一下，或是突然止步，我都没法提前做好准备，我坐在马鞍上总是很紧张，有时不得不抛弃羞耻，抓住鞍桥来稳住身子。我们大多数时候只能排成单列骑行，因此也没法聊天。我们不时停下来，让母亲给小鸡喂点水，中午的时候，我们停下来休息，让马喝水，自己也吃点午饭。母亲在篮子里撒了些吃的，鸡崽们叽叽叫个不停。我问到哪儿了。在黑峭崖下面，父亲说，这里是柯迪家的领地。我想不出这个地方是什么样子，从来没到过喀司普罗莽西边这么远的地方。不久我们继续上路，对我来说，那个下午如同一场单调漫长的黑色梦境。

“石神啊！”父亲说道。他从不说脏话，甚至像这种温和的老式的咒骂也不会出口，所以一听这话我就从恍惚走神的状态中醒了过来。母亲骑着马在前面，因为就一条路，不会走岔，父亲则在后面，时刻注意我们俩。她没听到父亲的话，但我问道：“怎么回事？”

“我们的小母牛，”他说，“就在那儿。”然后他想起我看不见他指的方向，“那边的山丘底下，草地上有一群牛，其中有两只是白的。其他的都是褐色和红棕色。”他有一会儿没说话，可能是在极目辨认。“背是一样的，平缓的角也一样，”他说，“肯定是的，错不了。”

我们三人都已经停了下来，母亲问道：“我们还在柯迪莽吗？”

“在德拉姆莽，”父亲说，“之前一小时都是。但那些是罗德家养的，还有我的牛，我觉得。要是走近些，我就能确定了。”

“现在不行，卡诺克，”她说，“天就快黑了。我们得走了。”她的声音里满是忧虑。他听出来了。

“你说得对。”他说。我听到灰鳖迈步往前走了，罗安妮自动跟了上去，都不用我给它发指令，马驹轻快的步子在我们后面响起。

我们到了德拉姆莽的石屋，这对我来说挺难的，到一个陌生的地方，周围全是不认识的人。我一下马，母亲就拉着我的胳膊，紧紧抓着我，也许除了安慰我，也是安慰她自己。在众多的声音中，我听到了奥吉·德拉姆的说话声，高声大气，但颇为友好。“哎呀，哎呀，哎呀，你们到底还是来了！欢迎你们！欢迎来到德拉姆莽！我们这儿人很穷，但什么都可以分享！这是怎么了，这怎么了，这孩子给蒙成这样？出什么问题了，小伙子？眼神不好吗？”

“嗐，我们倒希望是那样。”卡诺克轻松地说。他像个剑客；但奥吉不是什么剑客，他用的是棍子。惯于欺凌的人不会理你说什么，他也许听到了，但不理会。他继续说他的，好像你根本无关紧要，这种行事方式让他总能在开始时占到便宜，不过最后就不一定了。

“唉，真可惜啊，得让人牵着走，跟小娃娃似的，不过他以后肯定会好的。这边走，这边走。来人看着他们的马！巴罗，叫女佣去请太太！”诸如此类，高声地发号施令。一阵忙乱，很多人来来去去，很多人在说话。我周围全是人，一群群的，我看不见他们，也不认识。母亲在跟什么人解释那一篮子小鸡是送给头人太太的。我被人拉着迈过门槛，上了楼，而她一直抓着我的胳膊。等到停下来时，我的头都晕乎乎的。有人端来了水盆，我们匆匆梳洗了一番，掸掸衣服，母亲换了件衣裳，周围一直有人在窃窃私语。

然后又下楼，我们走进一个房间，听回声，这儿的空间应该很大、很高。里面有壁炉：我能听到炉火的噼啪声，腿上和脸上也感到了一些热度。母亲的手依然搭在我肩膀上。“奥莱克，”她说，“这位是头人太太，丹诺夫人。”一个嘶哑疲惫的声音对我说欢迎来到德拉姆莽，我朝着那个声音的方向鞠了个躬。

接下来是其他人的介绍——头人的大儿子哈尔巴和他妻子，小儿子塞卜和他老婆，他的女儿女婿，这帮人已经长大的孩子，还有这家的其他人——都是只听到名字，看不见面孔，只有黑暗里的说话声。母亲的嗓音腼腆温和，被这帮大嗓门盖过去了，我不由自主地仔细听着她说起话来跟他们是多么不同，她那种低地人的礼仪显得格格不入，甚至她说某些词语的发音都不一样。

父亲也紧紧跟着我，就在我身后。他不像德拉姆家的人那样说起话来长篇大论，但会对别人的话迅速做出友善亲切的反应，听到他们的笑话会大笑，还跟几个男人攀谈，好像再叙友谊十分开心的语气。其中一个人，我记得叫巴尔，说道：“这么说，小少爷的眼神不受控制？”卡诺克说：“是这样。”另外一个人说：“嗐，别担心，以后长大就能控制了。”然后讲了个故事，说奥尔姆莽有个男孩也具备野性灵能，直到二十岁才好了。我极力想听听这个故事，但周围人声喧嚷，老是听不清。

过了一会儿，我们坐到餐桌边。那种感觉太紧张了，因为在你看不见的情况下，要很长时间才能学会得体地用餐，而我还没掌握这种技巧。我不敢碰任何东西，怕碰翻了，或是弄脏自己。他们想让我跟母亲分开坐，奥吉头人叫她去主桌跟男人们一起，但她温柔地、不动声色地坚持坐在我身边。

她帮我切了块肉，我可以自己拿起来吃，不会惊动任何人。从周围那些大嚼大咽、吃得饱嗝连天的动静来看，德拉姆莽这些人也不怎么讲究礼仪。

父亲坐得离我远一些，靠近或者挨着奥吉，在周围的人说话的间隙，我听到父亲平静的声音，明明白白的，不过那种轻快的腔调是我从没听过的："头人，我得谢谢你照看我那些小母牛。我整个月都骂自己是傻子，不知道把围栏修好。它们肯定是跳过围栏了。罗德家那些牛脚步都挺轻快的。我几乎都放弃那两头牛了。还以为它们这会儿都已经跑到杜奈了！要不是你的人帮我看住了，它们肯定跑那儿去了。"这个时候，桌子那一头已经没人说话，不过我们这头还有几个女人在聊天。"我对那两头小母牛可抱着很大的期望，"卡诺克继续用那种坦诚、自信、几乎是推心置腹的语气说，"我想着要像盲眼喀达尔德那样养一群牛。所以我真心诚意地感谢你，等它们生了小牛，第一只归你，无论是公是母，只要你乐意。你只要派人来取就行，奥吉头人。”

只有短短的瞬间沉寂，随后卡诺克身边有人说道：“说得好，说得好！”其他人也随声附和，但我没听到奥吉说话。

晚餐终于结束了，母亲让人带她回房间，让我跟她一起。然后我听到奥吉开口了：“唉，你还没让小奥莱克独立啊？他也不是小孩子了，对不？过来跟大人一起坐，孩子，尝尝我春天酿的酒！”但梅乐说，我骑了一整天马，很累了，头人的太太丹诺用嘶哑疲惫的嗓音说道：“今天晚上就让这孩子去吧，奥吉。”于是我们得以脱身，不过父亲不得不留下来跟那帮人喝酒。

我估计他回房时已经很晚了；我都睡着了，但他踢翻了一张凳子，还弄出稀里哗啦的动静，把我吵醒了。

“你喝醉了！”梅乐低声说。他没注意，说话的声音大了些：“跟马尿似的酒！”她笑起来，他呼哧呼哧地喘着气。

“该死的床在哪儿呢！”他说着，在房间里重重地踱着步子。他们躺下了。我睡在窗户底下的小床上，听他们低声说话。

“卡诺克，你会不会是在冒很大的险？”

“来这儿本身就是冒险。”

“但那些小母牛——”

“什么也不说能有啥好处？”

“但你质问他了。”

“要么当着所有人的面撒谎，他们都知道那些小母牛是怎么来的——要么就接受我给的条件。”

他的声音又大起来了，她低语道：“嘘，小声点。”

“行了，我很高兴他接受了。”

“如果他接受的话。还得等着瞧。那女孩子在哪里？你见过了吗？”

“什么女孩子？”

“新娘子。脸红的新娘子。”

“卡诺克，小点声！”她半是斥责，半是好笑。

“那就把我的嘴堵上吧，宝贝。把我的嘴堵上。”他低声说，她笑了起来，我听到床板嘎吱作响。他们没再说话，我又沉沉睡去了。

* * *

第二天，奥吉头人叫人来请母亲前去，因为他要向父亲展示他的成就，那些建筑、谷仓、马厩，我也必须得跟着。没有其他的妇女陪着我们，只有他的几个儿子，以及德拉姆莽的一些男人。奥吉对母亲说话怪怪的，假模假式，半是盛气凌人，半是花言巧语。他跟其他男人谈论她，就好像她是一头漂亮的动物，议论她的脚踝、她的头发、她走路的步态。当他跟她说话时，他常常半开玩笑半是轻蔑地提到她的低地血统。他似乎是想要提醒她或者他自己，她在他面前是低人一等的。然而他又紧紧跟在她身边，像一条大水蛭似的。我极力挡在她和他中间，但我们一走动起来，他总是绕到另一侧挨着她。有几次他建议，几乎是命令她，让我离开，跟“其他孩子”一起，或是去我父亲那里。她从未拒绝，只是随口应承着，声音里带着笑意，但就是没照办。

我们回到石屋，奥吉对我们说，他计划去德拉姆莽北边的山里猎野猪。他说，他们一直在等歌里的母亲帕恩到来，然后就出发。他极力要我们也去打猎。母亲表示反对，于是他说：

“嗯，女人去猎猪毕竟不合适，太危险了。不过让这孩子一起去吧，也能换换心情，不用老是蒙着个眼睛没精打采，是不？就算野猪冲过来，他随便瞟一眼，猪就完蛋了，对不？是不是，小子？猎猪的时候能有个眼神利的一块儿，那总是好事。”

“那肯定是我的事。”父亲说，还是他在德拉姆莽一直以来的那副轻松愉快的语气，“不过对奥莱克来说还是有点太危险了。”

“危险？危险？他难道还怕猪吗？”

“哦，不是他有危险。”卡诺克说。这一次，他的剑刺痛了奥吉。

奥吉不再假装他不知道我为什么蒙上眼睛，因为很显然，德拉姆莽所有人都知道原因，而且也相信关于我的行为的种种更离奇的版本。我是那个拥有毁灭之眼的男孩，我的灵能太过强大，以至于不能控制，我是新的盲眼喀达尔德。奥吉挥出了他的棒子，却打了个空；我声名在外，刚好让他打不着。但他还有其他的武器。

头天晚上我们见过那么多人，而这天上午身边也有很多人，然而我们一直没有被介绍给头人的孙女，他的小儿子塞卜和戴尔丹·喀司普罗的女儿。我们已经见过这对父母：塞卜跟他父亲一样，有一副快活、洪亮的大嗓门；戴尔丹对我母亲和我说话颇为亲切，声音疲弱，我不禁想象她十分衰老，不过就像卡诺克说过的，她根本没那么大年纪。那天上午我们回到屋子里时，戴尔丹在那儿，但还是没带着女儿，就是那个也许会成为我未婚妻的女孩子。新娘子，脸红的新娘子。卡诺克昨天晚上这样说她，想到这里，我脸红了。

奥吉就像有摩加的灵能，能知道你心里想什么，他还是高声大气地说："你得等几天才能见到我的孙女瓦尔丹，小喀司普罗。她下山去老里姆家看她的表姐妹去了。我得说，你又看不见，见女孩子有啥用。不过话又说回来了，认识女孩子还有其他方式，你会知道的，哈？更好玩的方式，嗯？”周围的男人都笑起来。“我们猎猪回来，她就会在了。”

帕恩·巴尔那天下午到了，之后大家说的都是关于打猎的事情。我必须跟着一起去。母亲本想不准我去，但我知道这肯定躲不掉的，我说道：“别担心，妈妈。我骑罗安妮，没事的。”

“我会跟他一起。”卡诺克说。我知道，自己即刻表现出的坚毅令他非常高兴。

第二天早上天没亮，我们就出发了。卡诺克紧紧跟着我，无论是骑马还是步行。在一片无止境的混乱中，他是我唯一的依靠，我身处黑暗中，在荒野里漫无目的地骑着马，时而停下来，听到人们高喊大叫，来来去去。这样的情形无休无止。我们一共去了五天。我永远无法确定自己的方向；我永远不知道自己面前或者脚下会是什么。拿掉蒙眼布的诱惑也从未如此强烈，而我也是从未如此害怕这样做，因为我一直都处于惊恐而暴怒的情绪中——茫然无助，满怀憎恨，觉得极其丢脸。我害怕奥吉头人那高声大叫、烦得要命的嗓门，却无法摆脱。有时他假装认为我是真的瞎了，大声可怜我；但大多数时候，他总是取笑我，激我拿掉蒙眼布，展示我的毁灭力量，不过不是那么堂而皇之。他对我心怀恐惧，同时又憎恶自己这种恐惧，想让我为此受折磨；同时他也十分好奇，因为我的力量对他来说是未知的。对卡诺克，他从来不会越过某些界线，因为他清楚卡诺克能做什么。但我能做到什么？我眼上的蒙眼布会不会只是个花招，虚张声势的噱头？奥吉逗弄着我，就像个孩子逗弄着拴住的狗，想知道它是不是真会咬人。我在他的锁链之下，任由他摆布。我对他憎恶极了，以至于我觉得，要是我看到他，没有什么能阻止我，我会，我一定要消殒他，像那只老鼠、那条蛇一样，像对那条猎狗一样……

帕恩·巴尔把一群野猪从艾恩山的山麓丘陵中召唤出来，又让公猪与母猪群分开。猎狗和猎手们围住这头野兽之后，她就离开了打猎的队伍，回营地了，我被留在了营地，跟驮马和仆佣在一起。

他们大家出发时，我觉得很难堪。“你要带上这孩子吧，喀司普罗？”奥吉头人说，父亲则用一贯的轻快语气回答，我和老罗安妮都不去，因为怕拖累大家。“那你也要跟他一起留下以保安全啰？”那个粗声大气的嗓门说道，然后是卡诺克温和的声音：“不，我还是要去打猎的。”

他上马前拍了拍我的肩膀——他带了灰鳖，没带那匹小马——低声说道：“坚持住，孩子。”于是我就坚持着，独自坐在德拉姆家的奴隶和仆佣中间，他们跟我保持着距离，很快就忘记了我的存在，高声聊天、开玩笑。我完全不知道周围有什么东西，除了头天晚上睡的床褥卷，它就在我左手边。除此之外，整个宇宙都是未知的，犹如一片空白的深渊，只要我站起来走一两步，马上就会迷失。我发现自己手下面的泥地里有一些小石子，就玩了起来，在手上把玩，数数有多少个，试着把它们垒起来或者排成行，就这样打发沉闷无聊的时间。我们很少能明白，生命中有多少乐趣兴味是通过眼睛体会到的，直到我们不得不放弃眼睛；而那种乐趣有一部分在于，眼睛能够选择要看什么东西。而对于听到的东西，耳朵却无法选择。我想听听鸟鸣声，森林里全是它们动听的乐声，然而我听到的却大多是那些人狂吼大笑的声音。我只能想着，我们人类是多么吵闹的种族。

我听到一匹马进了营地，那些男人的声音低了些。不久，有人在我身边说道："奥莱克，我是帕恩。"她主动说了自己是谁，我感受到她的善意，不过我能听出她的声音，跟歌里的声音很像。"我带了些果子。张开手。"她把两三枚干李子放在我手里。我说了谢谢，然后就吃了起来。她坐在我身边，我能听到她也在吃。

"嗯，"她说，"这会儿那头野猪已经杀死一两条狗了，没准还撞死了一两个人，不过也许没有，他们肯定已经打死它了。这会儿他们在开膛，削木杆好抬猪，那些狗在争抢猪下水，马儿们想离远点，但做不到。"她啐了一下。也许是吐掉了李子核。

"猎杀的时候你从来不留下吗？"我胆怯地问。虽然我从小就认识她，但帕恩总让我害怕。

“猎野猪和熊的时候不会。他们想让我帮忙，控制住野兽，让他们去杀死它。给他们一种不公平的优势。”

“但要是鹿或者兔子呢——”

“它们本来就是猎物。快点杀死对它们最好。野猪和熊不是猎物，它们应该有公平战斗的机会。”

这是很明确的立场，也很公道，我接受了。

“歌里给你准备了一条狗。”帕恩说。

“我正想问她……”

“她一听说你的眼睛被蒙起来了，就说你肯定想要条引路的狗。她一直在训练我们的羊倌肯尼家的小狗。那些狗都不错。你回家时顺道去罗德莽，歌里估计已经替你驯好了。”

那一刻我觉得很开心，那几天总是没完没了的烦躁，而那是仅有的美好时刻。

猎人们那天很晚才回到营地，队形散乱。我当然很担心父亲，但不敢问人家，只是注意听其他人说些什么，也留意有没有他的声音。最后他终于回来了，牵着灰鳖，灰鳖在某次冲撞或混乱中腿有点受伤。他温和地跟我打了招呼，但我能听出来，他已经精疲力竭，快要受不了了。打猎安排得不好，奥吉和他的大儿子争吵用什么策略，所有人无所适从，因此野猪虽然被围住了，但杀死了两条狗，逃走了。一匹马在追逐中跌断了腿。之后因为野猪逃进了灌木丛，猎手只得下马，步行追赶，又有一条狗被野猪开了膛。最后，卡诺克用很低的声音对我和帕恩说："那帮人全都朝那头可怜的畜生招呼，但没一个人敢靠近它，用了足足半个小时才杀死它。"

我们沉默地坐着，听着奥吉和他儿子互相大吼。打猎的仆佣终于把野猪弄进了营地；我闻到它那股野物的恶臭，还有铁锈似的血腥味。他们正经八百地分切了猪肝，让参加了杀死野猪的人在火上烧烤。卡诺克没去拿他那份。他去照看我们的马了。我听到奥吉的儿子哈尔巴大声叫他去取他那份杀戮后的美餐，但我没听见奥吉叫他，奥吉也没有像惯常那样过来逗弄我。那天晚上，还有我们回到德拉姆莽石屋的一路上，奥吉没有跟卡诺克或我说一句话。不用忍受他那种故作快活的言语欺凌，我如释重负，但也不禁担忧。最后一天晚上露营时，我问父亲，头人是不是生他的气了。

"他说我不肯救他的狗。"卡诺克说。我们躺在温暖的火灰边上，头对着头，低声说话。我知道天黑了，也能假装是因为天黑，所以我看不见。

"是怎么回事？"

"那野猪横冲直撞，把那几条狗挑开了膛。他朝我大吼：

‘用你的眼睛，喀司普罗！’我会对猎物使用灵能吗！我举着长矛迎向那头野猪，还有哈尔巴和另外几个人。奥吉没有跟我们一起。野猪突破了包围，从奥吉身边跑过去，逃走了。哼，那场面一团糟，跟屠宰场似的。他就怪上我了。”

“我们回到那边之后，还要留下吗？”

“一晚上左右吧，是的。”

“他恨我们。”我说。

“不包括你妈妈。”

“最恨的就是她。”我说。

卡诺克没明白我的话，或者不相信我说的。但我知道这是真的。奥吉可以随便欺凌我，他可以证明自己比卡诺克有钱、有势力什么的，因此地位比卡诺克高，但梅乐·奥利塔却是他不能企及的。他去我们家时，我看到过他看她的神情。我知道在这里，他望着她时依然还是那副混合着惊奇、憎恶和贪欲的神情。我知道他想方设法接近她；我听到他徒劳地想要打动她，自吹自擂，做出屈尊俯就的样子，还听到她温和的、带着笑意的回答，让他无言以对的回答。他所拥有的东西、所做的事情，他这个人，没有一样能打动她。她甚至不是真的害怕他。

在旷野中度过了好几个日夜之后回来，我又能跟母亲在一起，还洗了澡，换上了干净的衬衫，就连德拉姆莽那些气氛不善的房间似乎也变得熟悉亲切了，尽管我从没看过那些房间。

我们下楼去大厅用餐，在那里，我听到奥吉头人两天来头一次跟父亲说话。“你太太呢，喀司普罗？”他说，“那位漂亮的低地女士呢？还有你那个瞎儿子？我孙女来见他了，穿过了整个领地，从里姆莽赶来的。这儿呢，孩子，来见见瓦尔丹，让我们看看你俩在一起怎么样！”他的声音里带着粗野的大笑，一副得意的腔调。

我听到戴尔丹·喀司普罗，那女孩的母亲，低声叫她上前来。我的母亲手挽着我的胳膊，说道：“很高兴见到你，瓦尔丹。这是我的儿子奥莱克。”

我没听到那姑娘说话，只听见一个声音，像是窃笑，又像呜咽，我在想难道是她抱着条小狗，发出了那种声音。

“你好吗？”我说着，点了一下头。

“好吗好吗好吗。”有人在我面前说，声音瓮声瓮气，虚弱无力，就是从那女孩所在的位置传来的。

“要说‘你好吗’，瓦尔丹。”那是戴尔丹胆怯的低语声。

“好吗，好吗。”

我无言以对。母亲说：“很好，谢谢你，亲爱的。从里姆莽一路赶来很远吧，对不？你一定累了。”

那个小狗似的呜咽声又响了起来。

“是，她是累了。”她母亲开口道，但奥吉的大嗓门就在我们身边响了起来：“得了，让年轻人自己聊聊，别替他们说话了，你们这些女人！不要跟媒婆似的！不过这俩真是一对儿，是不是？你觉得呢，小子，她漂亮不，我这个孙女？她跟你有同样的血统，你知道的，不是低地血统，是喀司普罗家的血统。真正的血统会显现的，他们总这么说！她漂不漂亮，嗯？”

“我看不见她，先生。我想她应该是漂亮的。”

母亲捏了我胳膊一把。我不知道她是出于害怕我的大胆，还是鼓励我装斯文的样子。

“看不见她！我看不见她先生！”奥吉学着我的口气，

“行，那就让她带你四处走走。她能看见。她眼神好着呢，很好，很敏锐，眼神很利，喀司普罗家的眼睛。是不是，孩子？你是不是这样？”

“好吗。你是不是。你是不是。妈妈，我能想去楼梯吗。”

“好的，宝贝。我们就去。骑马太久了，她累坏了，请原谅我们，父亲。我们晚饭前要休息一下。”

女孩和她母亲逃也似的走了。我们却不能逃走。我们必须在长长的餐桌边坐几个小时。那头野猪已经在铁叉上烤了一整天。猪头被人抬进来时，人们爆发出胜利的欢呼。大家向猎手们敬酒。大厅里满是野猪肉那股浓烈的味道。有人把肉片放在我的盘子里。酒也倒上了，不是啤酒或麦酒，而是红葡萄酒，来自领地西南边的葡萄园。在所有高地领地中，只有德拉姆莽能酿葡萄酒。那酒很烈，味道酸甜。没过多久，奥吉的嗓门比任何时候都大了起来，冲着他的大儿子大喊大叫，对小儿子，也就是瓦尔丹的父亲说了很多话。“那么，办个订婚宴怎么样，塞卜？”他高声说道，然后大笑起来，不等对方回答，过了半小时又来一遍。“那办个订婚宴怎么样？喂，塞卜？我们的朋友都在呢。全都在我们家里。喀司普罗一家，巴尔家、柯迪家，还有德拉姆家。全高地最好的血统。喂，卡诺克·喀司普罗头人，你怎么说？你要来吗？来喝一杯。敬友谊、忠诚、热爱，还有婚姻！”

晚饭后，母亲和我还是不能上楼去。我们只得待在大厅，奥吉·德拉姆和他那帮人喝得烂醉。他总围着我们转，喋喋不休地跟母亲说话。他的口气和用语越来越放肆，但梅乐和尽可能跟在我们身边的卡诺克都不为所动，并没有愤怒地回应，甚至根本就不怎么搭理他。过了一段时间，头人的太太插了进来，和我们一块儿，某种程度上为母亲充当了保护盾，替她回答奥吉的话。后来他就一脸阴沉，又去跟大儿子吵架了。最后我们终于得以溜出来，上楼去了。

“卡诺克，我们能走吗？——离开这里，现在就走。”在通往我们房间的石头长廊里，母亲低声说。

“等等吧。”他回答道。我们进了房间，关上了门。“我得跟帕恩·巴尔谈谈。今晚他不会伤害我们的。”

她有些绝望地笑了一下。

“我会陪着你。”他说。她松开我的胳膊，他们两人搂在一起。

这都是应该的，而且听到我们要逃离这里，我也很高兴，但我有个必须问的问题。

“那女孩，”我说，“瓦尔丹。”

我感觉到他们同时看向了我，有一小会儿沉默，他们肯定是对视了一下。

“她个子很小，不丑，”母亲说，“她笑起来很甜。但她……”

“是个白痴。”父亲说。

“不，卡诺克，也没那么糟——不过……不对劲。她像个孩子，我觉得，脑子里，像小娃娃。我估计她以后也就这样了。”

“就是白痴，”父亲重复道，“这就是奥吉·德拉姆提出要嫁给你的，奥莱克。”

“卡诺克。”母亲吓坏了，喃喃地说。我也吓坏了，因为他声音里那种激烈的恨意。

有人敲我们的房门，父亲去开门了。外面传来低低的商议声。过了一会儿，他回来了，走到我坐着的地方，我坐在小床边沿。“那孩子突然癫痫发作，”他说，“戴尔丹请你母亲去帮忙。梅乐在这里跟大多数女人都很快交上了朋友，就是我们出去猎猪，跟人家结仇的时候。”他干巴巴地笑了一下，没什么幽默感。我听见他坐在没点火的壁炉前面的椅子上，马上就如释重负地放松了身体，像一条疲累的猎犬。

“我真希望我们离开这里，奥莱克！”

“我也是。”我说。

“躺下睡吧。我等你母亲。”

我也想等着她，想要跟他一起坐着等；但他走过来，轻轻地把我按到床上，给我盖上了细密暖和的羊毛毯子，我马上就睡着了。

我突然醒了过来，而且十分清醒。谷仓那边传来鸡鸣声。天可能快亮了，也可能还要很久才会亮。房间里有窸窸窣窣的声音，我说道：“父亲？”

“奥莱克，你醒了？太黑了，我看不见。”母亲摸索着来到我床边，坐在我身旁。“呀，冷死我了！”她说。她浑身抖得厉害。我把暖和的毯子拉起来，想披在她肩上，她拉过去，裹住了我们两个。

“父亲在哪里？”

“他说他得跟帕恩·巴尔谈谈。他说等到有天光、能看清路的时候，我们马上就走。我跟丹诺和戴尔丹说了我们要走。她们也理解。我只是说我们出来太久了，卡诺克挂心春耕的事。”

“那女孩怎么回事？”

“她很容易疲劳过度，然后抽搐，她母亲吓坏了，可怜的人。我叫她去睡一会儿，她也没睡多久，一直坐在那小姑娘旁边。然后我在那儿睡着了，我不知道……好像……我太冷了，好像暖和不起来似的……”我搂住她，她偎在我身旁，“最后有别的女人来了，可以看着那孩子，我就回来了。你父亲就去找帕恩了。我想我应该收拾好东西准备走。但天还太黑。我一直在等天明。”

“待着别动，暖和一点。”我说。我们就这样坐着，彼此温暖，直到父亲回来。他带着火石和火镰，可以点起蜡烛，母亲匆忙将我们为数不多的东西收进鞍袋里。我们轻手轻脚地穿过大厅和过道，下了楼梯，出了屋子。我能闻到黎明的气息，公鸡都打起鸣来，像是故意的。我们来到马厩，一个睡眼惺忪、一脸阴沉的家伙爬起来帮我们给马上了鞍。母亲牵着罗安妮出去，等我上马。我坐在马鞍上等着。

我听到母亲既惊讶又伤心的低声惊呼，又听到马蹄踏在卵石上的嗒嗒声，另一匹马也被牵了出来。她说：“卡诺克，你看。”

“啊。”他用恶心的语气说。

“什么东西？”我问道。

“那些小鸡，”父亲低声说，“他的人把篮子放在你母亲给他们时的地方，就扔在那里。任由那些小鸡死了。”

他托着梅乐上了灰鳖，然后骑着布兰提出了马厩。看马厩的男孩替我们打开院门，我们骑马而出。

“真希望我们能打马快走。”我说。忧心不已的母亲还以为我说真的，说道：“不行，宝贝。”但卡诺克在我后面跟得很紧，他短促地笑了一声。“不行，”他说，“我们得慢慢走着逃跑。”

树上的鸟儿接连叫了起来，我总觉得自己很快就会看到天明的曙光了，母亲也是这样想。

我们骑了几里路后，她说："给那样的人家带那种礼物，太蠢了。"

"那样的人家？"父亲说道，"你的意思是那么气派堂皇吗？"

"他们自己觉得。"梅乐·奥利塔说。

我说："父亲，他们会不会说我们是逃走的？"

"会。"

"那我们不该——是吗？"

"要是我们留下，奥莱克，我会杀了他。虽然我很乐意在他自己家里杀了他，但我付不起这番乐事的代价。他知道这点。不过我会拿回自己的一点东西。"

我不知道他是什么意思，母亲也不明白，直到上午的时候，我们听见后面有一匹马追上了我们。我们都警觉起来，但卡诺克说："是帕恩。"

她跟上了我们，用跟歌里很像的沙哑嗓音跟我们打了招呼。"那么，你的牛在哪里，卡诺克？"她说。

"在那座山下，就在前面那边。"我们继续驱马一路小跑。然后我们停下来，母亲和我下了马。她带着我走到一条小溪边的草地上，我可以坐下来。她领着灰鳖和罗安妮走到水里喝水，顺便让马蹄清凉一下；但卡诺克和帕恩骑马往前走了，很快我就听不到他们的动静了。“他们去哪里？”我问道。

“去那边草场里面。他一定是请帕恩帮忙召唤那两头小母牛去了。”

好像过了很长时间，在这期间，我焦急地听着路上有没有人追来报复，但只听见鸟鸣声，还有远处的牛叫。母亲说：“他们来了。”很快我就听到草叶拂过动物腿脚的声音，布兰提喷着气朝我们的马打招呼，还有父亲的声音，带着笑跟帕恩说着什么。

“卡诺克。”母亲叫道。他马上回答：“没事，梅乐。这是我们的。德拉姆替我们照看来着，现在我把它们带回去。没事。”

“很好。”她闷闷不乐地说。

很快我们就继续上路了，母亲打头，然后是我，后面是帕恩，那两头小母牛紧紧跟着她，卡诺克在最后。

那两头牛并没有拖慢我们的速度。它们年轻有活力，是用来拉车犁地的那种，它们跟马儿步调一致，整天都保持着良好的速度。下午三点来钟，我们到了我们自己的领地，穿过领地北边，去了罗德莽。帕恩建议我们把小母牛赶到那里，让它们在罗德家的草场待一段时间，跟以前的牛群一起。“这样挑衅的意味会少一些，”她说，“德拉姆把它们偷回去却要难多了。”

“除非他跑来找你。”卡诺克说。

“那也没准。我跟奥吉·德拉姆再没有其他任何关系，除非他想找碴儿，那他肯定能找出来。”

“要是他找你的麻烦，那就等于是找我们的麻烦。”卡诺克说，半是愉快，半是愤怒。

我听见母亲的低语：“恩弩，愿你聆听保佑。”她担忧或者害怕的时候总是说这句祷词。很久以前我曾经问过，她也给我讲过恩弩的故事，那是使行路顺利、活计顺畅、争吵平息的神明。猫是恩弩的化身，梅乐总戴着的猫眼石则是恩弩的宝石。

差不多在我感觉不到夕阳照在背上的时候，我们来到了罗德莽的石屋。离那里还有一英里，我就听到了狗叫声。我们骑着马走进去时，一大群狗跑出来围着马儿，全都欢快地迎接我们。特诺克也出来接我们。没过一会儿，有人过来，抱住了我的腿，因为我还坐在罗安妮上。那是歌里，她把脸贴在我腿上。

“这儿，歌里，让他先下马，”帕恩用冷淡的声音说，“帮他一把。”

“我不需要。”我说。我干脆利落地下了马。这会儿歌里不抱着我的腿了，而是搂着我的胳膊，脸贴在上面，哭了起来。“噢，奥莱克，”她说，“噢，奥莱克！”

“没事的，歌里，没事，真的。没有什么——我不是——”

“我知道。”她说着，放开了我，吸了吸鼻子，“你好，妈妈。您好，卡诺克头人。您好。”我听见她和梅乐彼此拥抱亲吻。然后她又回到我身边。

“帕恩说你准备了一条狗。”我颇为尴尬地说。对于可怜的哈姆内达的死，我心里怀着沉甸甸的内疚——不仅是因为它的死，甚至还因为当初选择了它，歌里一开始就知道不该选它。

“你想看看它吗？”

“好。”

“来吧。”

她把我带到某个地方——对这所房子和这里的各个地方，我几乎跟自己家里一样熟悉。然而即使是这儿，对于目不能视的我来说也像个迷宫一样，神秘莫测——说道：“等一下。”过了一两分钟，她说：“煤球，坐下。这是煤球，奥莱克。这是奥莱克，煤球。”

我蹲下来，稍稍伸出手。有温暖的气息触到我手上，然后是毛茸茸的触感，一条湿湿的舌头客气地舔了舔我的脸。我小心地向前探出手，害怕会戳到狗的眼睛或者做错什么动作，但它坐着不动，我摸到它头上和脖子上打着卷的光滑的毛，它高高耸起的、柔软的、晃来晃去的耳朵。“它是只黑色牧犬？”我低声说。

“是的。肯尼的母狗去年春天生了三只小狗。这只是最好的。孩子们把它当宠物，而他已经开始训练它当一只牧羊犬。我听说了你眼睛的事，就把它要了过来。这是它的绳子。”歌里把一根短短的硬皮绳递到我手上。“带它走走吧。”她说。

我站起来，感觉到狗也站了起来。我走了一步，结果那条狗却在我的腿前面，一动不动。我笑了起来，不过有些尴尬：“这样子我们可走不远！”

“那是因为如果你往那边走，就会被范诺放在那里的木头绊倒。让它给你带路。”

“我怎么做？”

“说‘走’，然后叫它的名字。”

“走，煤球。”我朝着手里的皮绳另一端的黑暗中说道。

皮绳轻轻地拉着我往右边走，然后朝前。

我尽可能大胆地跟着，直到绳子轻轻地拉着我停下了。

“回歌里那儿去，煤球。”我说着，转了个身。

绳子牵着我又转过去一点，然后带我回去，让我停了下来。

“我在这儿。”歌里就在我面前说道。她的声音有些嘶哑而突兀。

我跪在地上，摸到狗狗半趴在那里。我搂住了它。一只光滑的耳朵贴在我脸上，毛毛弄得我的鼻子痒痒。“煤球，煤球。”我说。

“我不这样叫它，只在最开始的时候有几次。”歌里说。从她声音的方向判断，她蹲在我旁边。“它跟我学得一样快。它很聪明，性情也稳重。但你们俩得配合。”

“那我要不要把它留在这儿，以后再来？”

“那倒不用。有的事情不要做，我会告诉你的。暂时也不要对它一次提太多要求。但我可以来跟你一起训练它。我很乐意。”

“那太好了。”我说。在德拉姆莽经历了那些威胁、激愤、残忍的情形，歌里清澈的爱和善意，还有狗狗那种平静、信赖、值得信任的反应，对我来说简直难以承受。我把脸埋在狗狗光滑的卷毛里。“好狗狗。”我说。

12

歌里和我最后终于进了屋，得知母亲从马上下来时晕倒在父亲怀里，我吓坏了。他们已经送她上楼躺下了。歌里和我没头绪地转来转去，觉得自己跟孩子似的，什么忙也帮不上，就是大人病了的时候，年轻人的那种感觉。

卡诺克终于从楼上下来了。他径直走向我说道：“她会没事的。”

“她只是累了吗？”

他犹豫了一下。歌里问道：“她没失去孩子吧？”

知道一具身体里面有两个生命，这也是歌里的灵能。我们没有这种灵能。我不确定卡诺克在这天之前知不知道梅乐怀孕了，她自己都未必知道。

对我来说，这则消息没什么意义。一个十三岁的男孩与生活中的这一部分距离很远；怀孕和分娩只是抽象的事情，与他完全无关。

“没有。”卡诺克说。他又犹豫了一下，说道：“她需要休息。”

他的语气疲惫而沉闷，我很不安。我希望他高兴些。我受够了恐惧和阴沉。我们拼尽了全力才摆脱那些，重新自由了，跟朋友一起，安全地待在罗德莽。“要是她暂时没事，要不你来看看煤球吧。”我说。

“再说吧。”他说。他拍拍我的肩就走了。歌里带我去了厨房，在混乱之中，晚饭还没做，而我已经饿坏了。厨子给了我们兔肉饼。

歌里说我满脸都是肉汁，看着很恶心。我说她不如试试眼睛看不见吃东西是什么感觉，她说她已经试过了——她曾经把自己的眼睛蒙住一整天，想知道我的感受。我们吃完东西，又回到户外，煤球带我在黑暗中散步。半个月亮挂在天上，给歌里照路，但她说煤球和我走得比她还顺畅，她摔倒在树根上，证明了这一点。

我们小时候一起在罗德莽，歌里和我随便在哪里都能睡，像所有的小兽一样；但后来，我们聊过了关于订婚之类的事情。我们像大人一样说了晚安。特诺克带我去了我父母的房间。罗德莽没有像德拉姆莽那样成排的卧室和床。特诺克小声对我说，母亲在床上睡着了，父亲在椅子上。他给了我一条毯子，我裹着毯子，就在地板上睡了。

早上，母亲坚持说她没什么事。她只是着了点凉，别的什么事也没有。她可以回家了。“不能骑马。”卡诺克说，帕恩也赞成。特诺克给我们备了一辆干草车，还有那匹嘴唇耷拉的母马的女儿，那匹母马还是他去杜奈时骑过的。于是母亲、煤球和我舒舒服服地上路去喀司普罗莽，车上铺了稻草，上面盖着垫子。卡诺克骑着布兰提，灰鳖和罗安妮老老实实地跟在后面，我们大家都高高兴兴地回家了。

煤球似乎平静地接受了改换屋子和主人的事实，不过它在屋子周围不停地嗅来嗅去，还在屋外的许多灌木丛和石头上撒尿做记号。它礼貌地冲我们先前的几条猎狗打招呼，但颇为冷淡疏离。它的牧羊犬血统不像猎狗那样合群平等，而是内敛专注。它有点像我父亲：对自己的责任看得非常重。我就是它的首要责任。

歌里不久后就骑马到来，继续我们的训练。每隔几天，她就会来一次。她骑着一匹名叫布雷兹的小马，属于柯迪莽的巴尔家族。他们叫帕恩帮忙驯马，帕恩则一边驯马，一边教女儿怎么驯马。召唤者把驯马说成“打马”，不过他们训练小马的方式跟打毫无关系。在驯马的过程中，没有任何东西被“打破”；相反，一些东西成为一体，成为一个整体。那是个漫长的过程。不过歌里还是给我解释了一番：我们让马儿去做一些以它的天性不愿意做的事情；马不像狗那样会服从我们的意志，它是群居动物，但并非等级分明，更倾向于达成共识，而不是划分等级。狗对人是听从，马却是赞同。歌里和我会长篇大论地讨论这些，同时煤球和我则学习我们对彼此的责任。我们骑马时也会讨论，而歌里和布雷兹互相学习和教授她们对彼此的责任。我骑着罗安妮，它早就学会了自己该懂得的事情。煤球跟着我们，没有拴绳，跟放假似的，它可以随意跑动，停下来四处嗅嗅，走到边上的小路上去，还会去追兔子，不用担心我。但只要我叫它的名字，它就会回到我身边。

煤球和歌里给我的生活带来了极大的不同，以至于那个夏天虽然是我第一次在黑暗中度过，然而我回忆起来的时候，它却是明亮的。在那之前，我一直麻烦不断，压力重重，对自己的灵能，我一直极其困惑恐惧。而这个时候，我蒙上了眼睛，不可能运用灵能，也不可能误用，无须折腾自己，也不会被人折腾。德拉姆莽那噩梦般的经历过去之后，我置身于自己人当中。在一些头脑较为简单的人身上，我激发了敬畏之心，这对我的无助来说是一种补偿，尽管我不承认这一点。当你在房间里摸索着、跌跌撞撞地探路时，听到有人悄声说：“要是他解开蒙眼布可怎么办！我肯定会吓死的！”这其实挺让人鼓舞的。

我们回家之后，母亲有很长一段时间身体不舒服，一直卧床。后来她能下床了，开始像以前一样在家里忙活；但一天夜里吃晚餐时，我听见她站起身说了什么，声调十分惊恐，然后是一片骚动，她和父亲双双离开了房间。我独自坐在餐桌旁，迷惑不解，只得问家里的女人出了什么事。一开始没有人告诉我，但后来有个女孩说：“呀，她在流血，她的裙子上全是血。”我吓坏了。我去了大厅，一个人坐在壁炉边的位子上，茫然无措。最后父亲在那里找到了我。他只说母亲小产了，她的情形还不错。他说话时很冷静，我也放心了。

我放心地大口喘着气。

第二天，歌里骑着布雷兹过来了。我们上楼去了母亲在塔楼上的小房间看她。那儿有张小床，房间里也比卧室暖和些。壁炉里烧着火，不过当时是盛夏。梅乐肩上搭着她最暖和的披肩，她抱我的时候我感觉到了。她的声音有些虚弱嘶哑，但还是一如既往。“煤球在哪里？”她说，“我想让煤球来这儿。”煤球当然就在房间里，它和我现在已经一刻也分不开了。它被叫到床上，非常机警地躺在那里，显然是觉得母亲需要一条护卫犬。母亲问了我们对于导引和被导引学得怎么样，还有歌里学习驯马的情形，我们像往常一样聊着天。但我还不想走，歌里就站起来了。她说我们必须得走了，她亲吻了母亲，低声说："孩子的事情，我很难过。"

梅乐悄声对她说："我有你们两个。"

父亲每天都在忙领地的活，从早到晚。我本来已经开始给他帮忙了，但现在毫无用处。阿罗克取代了我的位置，跟在他身边。阿罗克心地清明，没有野心，也毫无矫饰。他觉得自己很笨，有些人也同意他的看法，但他虽然想事情很慢，却常常凭着直觉产生某种想法，而且他的判断通常都是正确的。他和卡诺克一起干活儿，充当了我本来会担任的角色。我又是嫉妒，又是羡慕。我的自尊不让我表现出来，因为那会伤害阿罗克，激怒父亲，对我自己也没什么好处。

每当我因为自己的无用和无助而恼火不已，每当我的决心有所动摇，渴望解开蒙眼布，夺回我应有却失去了的所有光明时，我就会想到父亲那不可动摇的形象。我明白，我对于卡诺克和所有人来说都是致命的危险。蒙住眼睛，我就是他的盾牌、他的支柱。盲眼就是我的用处。

他跟我谈过一点去德拉姆葬时的事，说他觉得奥吉·德拉姆害怕我们两个，但最怕的还是我，说德拉姆那些成心让我痛苦的逗弄嘲笑都只是虚张声势、故作姿态，为的是在他的人面前挽回颜面。“他最想做的是把我们赶走。他特别希望考验你，毫无疑问，但他每次就快逼你行动的时候，又退缩了。他不敢。他没有为难我，是因为害怕你。”

“但那个姑娘——他利用她来羞辱我们！”

“在我们知道你的野性灵能之前，他就设计好了那个，给自己挖了个大坑。他必须得进行下去，显出他不怕我们。但他害怕，奥莱克。他真的害怕。”

我们的两头小母牛回到了喀司普罗莽，和高地草场的畜群一起，距离德拉姆莽的边界很远。奥吉・德拉姆对此什么也没说，也没有对我们或者罗德莽采取任何报复行动。“我给了他一个台阶，他顺势就下来了。”卡诺克用那种怀恨的欢乐语气说，那似乎是他这么多天里唯一开心的事。他总是紧张，十分阴郁。跟我和母亲在一起时，他会变得温和亲切，小心谨慎，但他从来不会跟我们待在一起很长时间，要么出去干活儿，要么沉默疲累地回来，倒头就睡。

梅乐的身体慢慢好起来。她身体不好的时候，说话时总带着逆来顺受的忍耐腔调，我很讨厌听到这种口气。我想听到她明快的笑声，她快步穿过房间的脚步声。现在她会在房子各处转悠，但很容易疲劳。每当遇到雨天，或者有风从喀兰塔奇吹来，给夏天的夜晚增加凉意，她就会在塔楼房间里生火，蜷缩着坐在火堆旁，披着我父亲的母亲为她织的棕色的羊毛厚披肩。有一次，坐在她身边时，我没有多想便脱口道："从德拉姆莽回来后，你一直觉得冷。"

"是的，"她说，"是这样。最后那天晚上，就是我去照看那小女孩的那天，特别古怪。我应该没跟你说过，是吧？丹诺下楼去了，叫她的儿子们不要吵了。可怜的戴尔丹累坏了，我让她去睡一会儿。我留下来照顾瓦尔丹。那可怜的小家伙睡着了，但她总像马上就会惊醒似的，老是不停地抽搐，浑身痉挛。于是我灭了灯，在她旁边昏昏欲睡，过了一会儿，我觉得我听到有人在低声说话，或者是吟唱。一种嗡嗡的声音。我还以为自己在鱼藤水的家里，父亲在楼下带大家做礼拜呢。我一定是差点睡过去了。那声音一直持续，后来消失了。我意识到自己并不是在家里，而是在德拉姆莽，火都快熄了，我冷得几乎动不了了。冷到了骨子里。那小女孩躺着一动不动，像死了一样。我吓了一跳，起身去看她，不过她还在呼吸。然后丹诺进来了，给了我一根蜡烛，点着它回房间。卡诺克想去找帕恩，于是他就走了，关门的气流把蜡烛吹灭了。火也熄了。你当时醒了，于是我跟你一起在黑暗里坐着，我身上暖和不起来。你记得的。骑马回家那一路上，我的手脚都跟冰块一样。呀！我真希望我们没去过那里，奥莱克！"

“我恨他们。”

“那儿的女人对我还挺好的。”

“父亲说奥吉害怕我们。”

“对此我也投桃报李了。”梅乐有些发抖地说。

我告诉歌里这件事时——因为我什么都跟歌里说，除了我自己也不敢直面的一些事——我能够向她提出我不愿意问母亲的那个问题：她在那个房间里时，奥吉·德拉姆有没有可能也进去了？“父亲说，德拉姆家的人用言语、咒语，还有眼神和手势来运用他们的灵能。没准她听到的……”

歌里一点儿也不喜欢这种想法，她表示反对：“但他干吗要用在她身上，不用在你或者卡诺克身上？梅乐又不会对他造成什么伤害！”

我想起卡诺克说：“带上你那件红色长袍，梅乐。我想让奥吉·德拉姆看看他送我的礼物。”那就是伤害。但我不知道怎么说。我只得说道：“他恨我们全家。”

“她跟你父亲说过那天晚上的事吗？”

“我不知道。我不知道她是不是觉得这件事很要紧。你知道，她不……她不怎么想到灵能。我甚至不知道她现在怎么看我，关于野性的灵能。她明白为什么要蒙上我的眼睛，但我觉得她并不相信……”我停下话头，不知道自己在说什么，也觉得自己的处境很危险。我自然而然地把手放在煤球长着卷毛的温暖后背上，它摊开身体，躺在我腿边。但在这番黑暗中，就算是煤球也无法导引我。

“也许你该告诉卡诺克。”歌里说。

“还是妈妈自己去说更好。”

“你告诉我了。”

“你又不是卡诺克。”我说，这是显而易见的事实，却意味深长。歌里明白。

“我会问问帕恩，关于那种灵能……有没有什么办法。”她说。

“别，不行。”告诉歌里是没关系的，但要是这件事传出去，那我就等于是背叛了母亲的信任。

“我不会透露为什么要问的。”

“帕恩会知道原因。”

“也许她已经知道了……那天晚上你们来到我们家时。梅乐晕倒了。我母亲对父亲说：‘他可能碰过她。’那时我还不知道她是什么意思。我以为她是说奥吉想要强奸梅乐，弄伤了她。”

我们坐着沉思。奥吉对我母亲施了慢慢杀害的咒语，这种想法很可怕，但也很模糊，难以想象。我的思绪飘开去，想到了别的事情。

“她去了德拉姆莽之后，一直没有提起过安伦·巴尔。”歌里说道，她说的是她母亲。

“柯迪莽那些人还在吵吵。拉都说这是几兄弟之间的公开争吵。他们住在领地的两头，他们不会出现在彼此的视线范围之内，因为担心变成瞎子或聋子。”

“父亲说，那两兄弟都不具有完整的灵能，但他们的姐妹南诺有。南诺说，要是他们继续吵，她就把他们俩都变成哑巴，这样他们就说不了诅咒了。”她笑了起来，我也一样。这种怪诞的残忍对我们来说很好玩。我也突然轻松起来，因为帕恩不再说起让歌里和柯迪莽的男孩订婚。

“母亲说，野性灵能有时只是非常强的灵能。要很多年才能学会运用。”歌里还是那副低沉沙哑的声音，她说起重要的事情时就是这样的声音。

我没有回答，也不需要回答。如果帕恩的意思是，她认为我的灵能很强，最终能够控制，那她等于是说，我日后还是有可能配得上歌里的。那对我们来说就足够了。

“我想走白蜡溪那条路。”我跳起身说道。坐着聊天感觉很好，但出去骑马更好。我这会儿充满了希望，浑身是劲儿，因为睿智的帕恩·巴尔说，我能够再次运用我的眼睛，还能娶歌里，还能一眼杀死奥吉·德拉姆，要是他胆敢靠近喀司普罗莽的话……

我们沿着白蜡溪骑马而行。我叫歌里等到了被摧毁的那面山坡时就告诉我。我们在那儿勒住马。煤球跑到前面去了。歌里叫它回来，它马上就回来了，但发出呜咽的声音，这很明显，因为它很少发出声音。“煤球不喜欢这里。”歌里说。

我让她形容一下这地方。草已经长出来了，她说，但看起来还是怪怪的。“全都破破烂烂的。都是石块和尘土。没有任何成形的东西。”

“混沌。”

“什么是混沌？”

“那是我妈妈讲过的故事，关于世界的起源。最初的时候，有东西飘浮着，但都没有任何形状或形态。一切都是零零星星的碎屑和点滴，甚至连石头或灰尘都不是，就只是存在。没有形态，没有色彩，没有大地，也没有天空，没有上下之别，也没有南北之分。任何事情都不具有意义。没有方向。任何东西都没有关联。既不是黑暗，也不是光明。一团混乱。那就是混沌。”

“后来呢？”

“要不是那些零星的存在彼此粘到了一起，这里一点，那里一点，本来什么也不会发生。就这样，那些东西开始呈现出形状。一开始只是一块块、一团团的灰尘。之后是石头。石头彼此摩擦，迸出火星，或是彼此熔化，直到变成水流。水火相遇，产生了蒸汽、雾霭、空气——空气可供灵呼吸。然后，灵凝聚，呼吸，吐字开声。它说出了一切将要形成的事物。它向大地、火、水和空气唱歌，所有的生物都在歌声中凝聚形成。所有的高山与河流的形状、树的形状，还有动物，以及人类。然而它自己并没有任何形状，也没有给自己起名字，这样它依然可以无处不在，存在于所有事物中，在所有事物之间，在所有的关联、所有的方向中。等到最后，一切解体、混沌回归时，灵将在其中，就像初始时一样。”

过了一会儿，歌里问道：“但它不能呼吸？”

“不能，直到一切再次从头开始。”

扩大它，深入细节，为歌里的问题提供答案，在某种程度上，我已经超越了我母亲讲的故事的范围。我常常这样。对于故事的神圣性，我没有任何感觉，或者说，它们对我来说都是神圣的。那些奇妙的文字存在，只要我听见，或者讲述它们，它们就会构成一个我能够进入、能看见的世界，我在其中可以自由行动：那是我所知道和理解的世界，它有自己的规则，却在我的控制之下，与故事以外的世界截然不同。我因为目不能视而感到厌烦无聊，做不了任何事，因此我越来越多地生活在这些故事里，回忆它们，让母亲给我讲，我自己也会继续编，为它们赋予形态，通过讲述让它们得以存在，就像灵之于混沌。

“你的灵能太强了。”歌里用沙哑的声音说。

然后我想起我们在什么地方。竟然把歌里带到这里，我觉得颇为羞愧，就好像我故意让她看看自己的灵能发挥了怎样的威力。我为什么想带她来这儿呢？

“那棵树，”我说，“本来有棵树——”然后我脱口而出，“我以为是父亲造成的。我以为自己——我甚至都不知道自己看着什么东西——”

我说不下去了。我示意罗安妮继续走，我们离开了那片被毁的地方。过了一会儿，歌里说：“这里开始恢复生机了，奥莱克。野草和草地。我想，灵仍然在其中。”

13

秋天跟夏天的情形差不多，没什么大事值得一记。我们听说，自从我们去过德拉姆莽之后，奥吉头人和他的大儿子哈尔巴从猎猪那次开始的争吵已经发展成了敌对关系。哈尔巴带着妻子和自己的人去了里姆莽，在那里生活。奥吉的小儿子塞卜住进了石屋，被当作继承人、未来的头人。但塞卜和戴尔丹的女儿瓦尔丹整个夏天都病殃殃的，日见消瘦，最初是癫痫发作，后来发展到抽搐，直至瘫痪，她之前仅有的意识也没有了。我们从一个流动铁匠的老婆那里听说了这事。这些人是热心而有用的小道消息传播者，将一个领地的消息传到另一个领地，遍布整个高地。我们也听得热切。不过听那女人麻木冷酷地咂摸那孩子生病的细节，令我有些厌恶。我不想听到这些。我觉得自己在某种程度上对那女孩的悲惨遭遇负有责任。

我自问这怎么可能时，脑海中浮现出奥吉·德拉姆的脸，满脸褶子，眼皮耷拉着，目光犹如毒蛇。

秋收之际，所有的人每天都得干活儿，歌里不能经常来看我。我和煤球也不需要她进一步的训练了，妈妈说我们俩这会儿就像一个男孩，有六条腿，嗅觉异常敏锐。

但在十月里，歌里有一天骑着布雷兹过来，煤球和我向她展示了我们所有的新成就，之后我们像往常一样，坐下聊天。我们说起柯迪莽和德拉姆莽的争吵，也颇为明智地评论说，在那些人忙着内斗时，他们没那么多精力越过边界侵扰，干些小偷小摸的事情。我们提到了瓦尔丹。歌里听说那孩子快死了。

“会不会是奥吉，你觉得？”我问道，“那天晚上，我妈妈在那儿的时候，听见……没准他给那女孩下了咒。”

“不是给梅乐下咒？”

“也许不是。”我不久之前想到这个充满希望的想法，当时觉得还挺有道理，但说出来之后就没那么有道理了。

“他干吗要咒自己的孙女？”

“因为他为她感到羞耻。想让她死。她……”我耳边又响起那个含糊、虚弱的声音，好吗，好吗。“她是个白痴。”我粗暴地说。我想起了那条名叫哈姆内达的狗。

歌里没说什么。我感觉到她其实想说点什么，但说不出来。

“妈妈好多了。”我说，“她跟煤球和我一直走到了小峡谷。”

“那就好。”歌里说。她没有说，而我也不会去想，半年前，这样的步行对梅乐来说根本不算什么，她会跟我一起爬到高山的泉水那里，再唱着歌回家。我不会刻意去想，但这种想法就在那里。

我说：“跟我说说她看起来怎么样。”

这是歌里从不反对的命令：只要我让她当我的眼睛，她就会尽最大的努力为我去看。“她很瘦。”她说。

这点我从她的手就感觉出来了。

“她看着有些忧郁。但还是那样美。”

“她不像有病的样子吗？”

“没有。只是瘦。还有累，或者伤心。失去了孩子……”

我点点头。过了一会儿，我说：“她在给我讲一个很长的故事。有一部分是关于哈姆内达的。还有他的朋友奥姆南，他发疯了，想要杀死哈姆内达。我可以给你讲一些。”

“好呀！”歌里一副心满意足的口气，我能听见她坐好了听着。我伸手摸到煤球的背，把手放在那里。在我向着故事中明亮、生动的世界出发时，手上的这种感觉是我在看不见的现实世界中的锚。

关于母亲，我们没有说过任何可怕的话，甚至令人气馁的话，然而即使没说出口，我们也表达了她身体不好，并没有好起来，她的情况在恶化。我们两人都知道。

母亲也知道。她感到困惑，但很有耐心。她想好起来。她不相信自己做不了以前习惯了的事情，连一半也做不到。“这简直太蠢了。”她会说，那是她最接近抱怨的话了。

父亲也知道。随着白昼渐短，活计少了些，他在家的时间更多，也经常待在家里。他不得不看着梅乐虚弱的样子，她很容易疲倦，吃得很少，越来越消瘦，有的时候她只能坐在火边，裹着披肩，哆哆嗦嗦地打盹。“等天气暖和起来，我就会好的。”她会说。他会给她把火拨旺，想想他还能为她做什么，任何事情。“我替你拿点什么，梅乐？”我看不到他的脸，但能听到他的声音，其中的柔情让我痛得缩成一团。

我的蒙眼布和母亲的病加在一起，有一样好处：我们两人都有时间，沉浸在对讲故事的热爱中，那些故事带着我们，摆脱了黑暗和寒冷，也摆脱了觉得自己身为无用之人那种烦闷。梅乐有着惊人的记忆力，只要回想一下，就会又想起自己听过或者读过的又一个故事。如果她忘记了故事的一部分内容，她会像我一样，随意发挥编造，就算是来自神圣经典和仪式的内容，反正在这个地方，谁会被胡编乱造的内容吓到，高喊这是异端邪说？

我说她就像一口井：让木桶沉到井里，再上来的时候就装满了故事。她听了这话大笑。她说："我想要写下木桶里的一些东西。"

我自己没法为她制备亚麻布和墨水，但我可以告诉两位年轻的管家拉布和索索该怎么做，她们非常乐意为梅乐做任何事。

那两个女人的父亲都是喀司普罗家族的，她们两人都没有任何家族血统的灵能。她们继承了自己母亲在家里的位置，她们的母亲与我母亲一起，充分地训练了她们。在梅乐生病期间，她们完全掌管了家里的大小事务，按照梅乐的标准打理家务，总是筹划着怎么让她过得轻松些。她们非常热心，精力旺盛。拉布跟阿罗克订了婚，不过双方似乎都不急着结婚。索索则宣称，在她看来，碍事的男人已经够多了。

她们学会了抻展帆布、调制墨水，父亲设计了一种床桌，梅乐着手写下所有她能记得的神圣传说和歌曲，都是她小时候学过的。有的日子她会写上两三个钟头。她从没说过为何而写。她没说过是为我写的。她从未表示，写下来是为了保证有朝一日，我能读到她写的东西。她没有说书写是因为她知道，自己以后可能不会继续讲故事了。卡诺克焦急地责备她因为写东西把自己累坏了，而她只是说："这让我觉得，我小时候学过的所有东西不会就这么白白浪费了。当我写下来的时候，我能思考它。"

就这样，她上午书写，下午休息。快到傍晚的时候，煤球和我会去她的房间，卡诺克也常常一起，她会继续讲我们正在听的无论什么英雄故事，或是卡姆贝洛国王时期的故事。我们就这样听她讲，在炉火旁，在那个塔楼房间里，在隆冬时节。

有时她说：“奥莱克，现在你继续讲。”她说她想知道，我是不是记住了那些故事，能不能把故事讲好。

越来越多的时候，她起个头，由我讲完。有一天她说：“我懒得讲故事了。你给我讲一个。”

“哪个？”

“现编一个。”

她怎么知道我在编故事，我在脑子里推想这些故事，度过漫长枯燥的时间？

“我想了一些哈姆内达在阿加兰达的时候可能做过的事，故事里没有的。”

“讲讲吧。”

“嗯，在奥姆南把他丢在沙漠里之后，你知道，他只得独自想办法……我想象他有多渴。周围全是尘土，在沙漠里，极目所见，无论山丘还是谷地，都是红色的沙尘。不毛之地。没有泉水的痕迹。要是他找不到水，就会死在那里。于是他迈步走了起来，借助太阳辨认方向，向北而行，原因只是北方是往班德拉莽回家的路。他走了很久很久，太阳烤着他的头和后背，风把沙尘吹进他的眼睛和鼻孔里，呼吸都很困难。风越来越大，吹着沙尘打起了旋儿，一股旋风在他前面升起，朝着他就过来了，将红色的沙子高高卷起。他没有试图逃跑，而是站着不动，伸出了手臂，旋风将他卷了起来，让他旋转着升到空中，他被沙尘呛得咳个不停，喘不过气。风挟着他越过了沙漠，中间他一直转来转去，难以呼吸。最后，太阳快落山了。这时风停了。旋风止息，落向了地面，哈姆内达掉在了一座城市的城门口。他的脑袋还晕乎乎的，站都站不起来，全身都是红色的沙尘。他低着头蹲在那儿，大口喘着气，城门的卫兵偷眼看他。时间已是黄昏。有个卫兵说：‘有人在那儿丢了个大陶罐。’另外一个说：‘那不是罐子，是个什么雕塑。一条狗的雕塑。一定是给国王的礼物。’他们决定将它搬进城里……”

“继续。”梅乐喃喃地说。于是我继续讲。

但现在，我来到了这个故事里的地方，我自己并不想经历这一切。一片沙漠。没有旋风把我卷起来，带着我穿过它。我每一天都更加深入地走进它。

有一天，母亲收起画布和墨水，说她太累了，暂时不能继续写了。又有一天，她让我讲个故事，但一直浑身发颤地昏昏欲睡，并没有听见故事的内容，只听到我的声音。“别停。”她说，那会儿我以为自己只是让她更加疲累了，本来想压低声音，让她睡觉。

在沙漠的边缘，你觉得它可能很宽广。你想着穿过它可能要一个月。结果两个月过去了，然后是三个月、四个月，每一天都更加深入地走进沙尘里。

拉布和索索心地善良，身体强壮，但当梅乐身体虚弱至极，已经完全不能照料自己时，卡诺克对她们说，他会照顾她。他拿出了最精细的耐心，照顾她，将她扶起来，为她擦身，抚慰她，让她保持温暖。他有两个月的时间几乎没有离开塔楼的房间。煤球和我白天大部分时间都在那里，哪怕只是默默地陪着他。晚上他独自守夜。

有时他白天会在她身旁睡过去，在那张窄窄的床边。尽管她非常虚弱，但会低声说："躺下吧，亲爱的，你一定是累了。让我暖和点。跟我一起盖着这披肩。"于是他就躺在她旁边，紧紧地揽着她，而我听着他们的呼吸声。

五月到了。一天上午，我坐在窗边的位子上，感觉到阳光照在我手上；我闻到春天的气息，听到轻柔的风拂过初生树叶的声音。卡诺克把梅乐抱起来，好让索索换床单。她现在轻极了，他可以将她抱在怀里，像抱一个小孩子。她尖叫一声。我还不知道出了什么事。她的骨头已经极其脆弱，卡诺克抱她时，骨头断了；她的锁骨和大腿骨像棍子一样折断了。

他把她放在床上。她已经晕过去了。索索匆匆出去叫人帮忙。这是这几个月里，卡诺克唯一一次让步。他蹲在床边哭着，声音很大，喘着粗气，把脸埋在床单里。我蜷缩在窗边的座位上，听到他的声音。

人们想出了办法，想把夹板绑在她腿上固定，但他不让别人碰她。

第二天，我在院门口，让煤球遛一遛，这时拉布叫我。我赶紧过去，煤球也是。我们来到塔楼上的房间。母亲枕在枕头上，她那条旧的棕色披肩搭在肩膀上。我亲吻她的时候，摸到了那条披肩。她的手和脸颊冰冷，但她也亲吻了我。

“奥莱克，”她低声道，“我想看看你的眼睛。”她感受到我的抗拒，于是说，“现在你不会伤到我了，宝贝。”她低声说道。

我依然犹豫着。

“来吧。”卡诺克在床的另一侧说道，他的声音很平静，在这个房间里一直都是这样。

于是我扯下了蒙眼布，拿掉眼睛上的两块垫子，想要睁开眼睛。一开始我觉得睁不开眼。我只能用手指扒开眼皮，那个时候，我什么也看不见，只有一片闪烁的、刺眼的、令人痛苦的眩光，一片混乱，一片杂乱的光。

然后我的眼睛想起了它们的功能，我看到了母亲的脸。

“好了，好了，”她说，“这就对了。”从她那凹陷得不成形的面孔和身体上，那一头纠结的黑发中，她的眼睛望向我的眼睛。“这就对了，”她又一次说，颇为有力，“你替我留着这个。”她张开了手，手上是她的猫眼石和那条银链子。她没法抬起手给我。我拿起它，把链子戴在头上。“恩弩，愿你聆听保佑。”她喃喃道。然后她闭上了眼睛。

我抬头看着父亲。他的面孔坚毅凝重。他微微点了下头。

我又亲了亲母亲的脸颊，把垫子放到眼睛上，拉起了蒙眼布。

煤球轻轻拉了拉绳子，我任由它带我出了房间。

那天太阳落山后不久，母亲去世了。

* * *

伤心，与盲眼一样，是挺古怪的事，你必须学着去做。我们在哀悼时寻求同伴，然而在最初的痛哭之后，赞颂之辞已经说完，该缅怀的都已缅怀，哀痛之声已经释放，坟起墓成之后，就再没有人陪你伤心了。那是要独自背负的重担。怎么背负，那得看你自己。反正对我来说是这样的。也许这么说未免辜负了歌里的心意，还有家里和领地里的人们，我的伙伴们，要是没有他们，我也许没法背负着这重担度过那黑暗的一年。

我心里就是这样想的：黑暗的一年。

要讲述其间的经历，就像是讲述一个无眠的夜晚怎么过去。没有任何事情发生。脑子里想着事情，会有短暂的梦，然后又醒过来；恐惧来袭，又过去了。种种念头都不甚明晰，脑子里全是没有意义的字句，噩梦带来的寒战掠过，时间似乎静止不动，世界一片黑暗，没有任何事情发生。

卡诺克和我各自伤心，算不上同情同意的伙伴。我们不可能是。尽管我失去得太不是时候，太过残酷，然而也只是时间一定会带走，也会随着时间被取代的东西。可对他来说却是无可代替的：他这一生的甜蜜美好都失去了。

因为他被独自留下，也因为他怪自己，因此他的悲痛十分艰难，充满愤怒，而且没有纾解之道。

梅乐死后，领地上的一些人因为害怕卡诺克和我而离开了。我有野性的灵能，如今在极度的伤心之下，有什么事情干不出来？我们是喀达尔德的后代。而且我们有着合理的愤怒缘由。喀司普罗莽只要有脑子的人都认定，奥吉·德拉姆害了梅乐·奥利塔。她死的那天正好是我们离开德拉姆莽那晚的一年零一天。他们不必知道她曾经告诉我、而我告诉歌里的事，就是关于在那里的最后一天晚上，她听到的低语声和感受到的寒冷。我们没有跟任何人说起过这件事，我从来不知道她是否告诉了卡诺克。无论是他还是别的任何人，需要知道的只是她去德拉姆莽的时候还是个充满活力的漂亮女人，回来之后就病倒了，肚子里的孩子也没了，从此日渐衰弱，最后离世。

卡诺克为人坚毅，但在最后的那几个月里，他的身心两方面都损耗极大。他疲累不堪。最初的半个月，他总在睡觉——在她的房间里，在她的床上。她死的时候，他就在那张床上抱着她。他长时间地独自待在那里。拉布、索索和其他人都开始担心他，也害怕他。他们把我当中间人。“你能不能溜上去，问问头人需不需要什么？”女人们会说。而阿罗克或者其他的某个男人则会说：“就上去问问，头人是要给马喂麸子还是燕麦？”——因为老灰鳖不肯吃草料了，他们颇为担忧。煤球和我会走上螺旋形的楼梯，上到塔楼的房间，我会振作精神，敲敲门。他有时回应，有时不会。即使他来开门，声调也是冰冷平淡的。“跟她们说不用。”他会说，或者是：“告诉阿罗克自己用用脑子。”然后他就再次关上门。

我害怕去人家不欢迎我的地方，但对他这个人，我没什么怕的。我知道他绝不会对我使用他的灵能，就像梅乐知道，我不会把自己的灵能用在她身上。

当我意识到这点，当我这样想的时候，我如遭雷击。这不仅是相信，而是本能地知道。我知道他不会伤害我，我知道自己不可能伤害她。因此我和她在一起的时候，本来可以拿掉蒙眼布。我本来可以看着她，在最后那一年里。可以照顾她，替她做些事情，为她读书，还有给她讲我那些傻乎乎的故事。本来我可以看到她亲切的面孔，不止那一次，而是整年，整整一年都可以！

这个念头并没有让我流泪，而是令我心中涌起了一股愤怒，跟我父亲的感受一定有些像——一种激烈的、无力的懊悔。

这件事没法惩罚别人，只能惩罚我自己，或者他自己。

她死的那天晚上，我紧紧地依偎着他，他也搂着我，我的头靠在他胸口。在那之后，他就很少触碰我了，也极少跟我说话。他把自己关在她的房间里，冷漠疏离。他只想独自沉浸在伤心悲痛里，我心酸地想。

14

整个春天，特诺克和帕恩只要有空就从罗德莽赶来。特诺克为人温和，善于听从，没有领袖的气质，他对妻子的任性倔强不太高兴，但从未抱怨过。他一生都十分敬重我父亲。父亲对母亲的爱已经是深切之至，现在也已经服丧完毕。六月底，特诺克过来，去了塔楼的房间，跟卡诺克谈了很久。那天晚上，卡诺克下楼跟他一起吃了晚餐，从那天起不再离群索居，重拾了他的职责，不过还是独自睡在塔楼房间里。他跟我说话时语气很生硬，十分吃力，就像是出于责任。我也以同样的方式回应。

母亲生病期间，我本来抱着指望，帕恩也许知道帮她的法子，但帕恩是猎手，不是治疗师。她在病房里浑身不自在，颇不耐烦，帮不上什么忙。在母亲的葬礼上，帕恩是主悼人，高地妇女会在坟前抽泣哭号。那是一种可怕的喧嚣，十分尖锐，无休无止，令人难以忍受，犹如负痛的兽类发出的嗥叫。煤球抬起头，与那些女人一起长嗥，浑身发颤。我同样站在那里全身颤抖，极力忍住眼泪。最后葬礼终于结束，我疲累不堪，精疲力竭，也松了口气，卡诺克在整个悲悼期间一动不动地站着，忍受这一切，像雨中的一块岩石。

梅乐死后不久，帕恩去了喀兰塔奇。博莱莽的人听说了她召唤猎物的本领，捎信请她去。她想让歌里跟她一起去，开始练习她的灵能。那是少有的跟有钱的高地人打交道的机会，还能在那边获得名声。歌里拒绝了。帕恩对她发了火。老好人特诺克又一次从中调停。“你要去要回都随你高兴，”他对妻子说：“让你女儿也这样好了。”帕恩明白这很公平，但并不满意。第二天她出发了，没带歌里，也没跟任何人说再见。

小马布雷兹已经驯好了，回到了柯迪莽。歌里到我们这儿来的时候会骑一匹当天不用干活的犁地的马；要是没有马可骑，她就走路，当天往返，路程很长。我独自骑着罗安妮去或者跟煤球一起走路过去的话，路还是太远了。罗安妮越来越老，灰蹩的病虽然好了，但它现在也是匹老马了。四岁的布兰提是匹好马，作为种马很受欢迎，实际上这也非常适合它，然而这样一来它就很难干其他的活儿。我们的马厩太单薄了些。一天晚上，我鼓起勇气——我现在跟父亲说话总是需要鼓起勇气——说道：“我们应当弄一匹新的小马。”

“我想过问问丹诺·巴尔，拿什么能换他那匹灰色母马。”

“那匹马太老了。要是我们弄一匹小马或者小母马，歌里可以训练。”

如果你看不见说话的人，他的沉默就非常难解。我等待着，不知道卡诺克是在考虑我的话，抑或已经拒绝了。

“我会留意的。”他说。

“阿罗克说喀里莽有一匹不错的小母马。他从铁匠那里听说的。”

这一次，他的沉默持续了很久。我等了一个月才等到他的回答。

那回答是，阿罗克大声叫我出去，看看那匹新的小母马。看是看不见的，不过我可以去摸摸它的皮毛，抓一下它头上的鬃毛，还翻身上马，让人牵着它绕着院子走了一小段。阿罗克对它的姿态和美丽赞不绝口。它只有一岁，他说，是一匹毛色明快的枣红马，有一个星形的印记，它的名字就来自这个。“歌里能不能来驯它？”我问道。但阿罗克说：“噢，它得在罗德莽待一年左右，学习它的职责。对你父亲和我来说，它还是个小姑娘，太小了，知道吧。”

那天晚上卡诺克进来时，我想谢谢他。我想走到他身边，抱住他。但我怕自己眼睛看不见，会笨手笨脚的，怕自己行动太笨拙，怕他不希望我触碰。

我说：“我骑了那匹小母马，父亲。”他说：“很好。”然后跟我说了晚安，我听见他疲惫的脚步声踏上楼梯，往塔楼房间去了。

* * *

因此在那段黑暗的日子里，歌里可以骑着星辰来看我，半个月总要来两三次或者三四次，有时还要更加频繁。

她来的时候，我们就一起骑马出去，她会告诉我她和星辰都在做什么。这匹小母马温驯可爱，像新烤的面包一样。作为骑乘的马，它几乎不需要训练，因此它在学一些花哨的步态和技巧，目的是炫耀驯马师的本事，歌里说，还有炫耀马儿本身。我们很少骑马走远，因为罗安妮患上了风湿病。之后我们会回到石屋，如果天气暖和，我们会坐在菜园里；天冷或者下雨的时候，就坐在大壁炉房的角落里，谈天说地。

母亲死后第一年里，很多时候，我虽然很高兴歌里在，却没法开口说话。我没什么可说的。我整个人呆呆板板，无精打采，难以用言语表达。

歌里会说点什么，告诉我有什么新鲜事，之后和我一起陷入沉默。跟她一起沉默不语地坐着是很轻松的事，就像跟煤球待在一起。我为此非常感激她。

对那一年的事，我记得的不多。我沉入了那种黑暗的空白之中。我没事可做。我唯一的用场就是做一个无用之人。我永远学不会运用灵能：只能学会不去运用。我坐在石屋的厅堂里，人们都怕我，而这是我生活的唯一意义。我还不如像德拉姆莽那个可怜的孩子一样是个白痴。那不会有任何区别。我就像个戴着蒙眼布的妖怪。

有一次，我一连几天没有跟任何人说话。索索、拉布和家里其他人试图跟我说话，让我高兴起来。她们给我讲厨房里好玩的事情；拉布勇敢地叫我做些家务，那些事情是我不需要用眼睛看就能干的，我刚蒙上眼睛的时候也很乐意替她做，但现在不了。一天结束时，阿罗克会和父亲一起进来，他们会说会儿话，而我沉默地坐在他们旁边。阿罗克想拉着我也一起聊聊。我无动于衷。卡诺克会生硬地对我说“你还好吗，奥莱克？”或者“你今天骑马了吗？”我就说“是”。

现在我知道，对于我们的疏远，他跟我一样痛心难过。而当时我只想着，我为我们的灵能付出了代价，他却没有。

整个冬天，我盘算着种种计划，怎么能去德拉姆莽，走到能看见奥吉的地方，消殒他。当然了，我得拿掉蒙眼布。我一遍又一遍地想象：天不亮我就出发，骑上布兰提，因为其他的马都不够快，也不够强壮。我会骑一整天马，赶到德拉姆莽，然后藏在什么地方，直到夜里，等奥吉出来。不，还有更好的办法，我可以假扮。德拉姆莽的人只看到过我戴着蒙眼布的样子，我长个子了，也开始变声。我就穿上农奴的斗篷，不穿大衣和褶裙。他们肯定认不出我来。我把布兰提藏在树林里，因为会有人认出这匹马，然后我就溜溜达达地进去，假装是格伦家的农夫小子，等到奥吉现身；然后，只要一个眼神、一句咒语——趁他们全都恐惧惊愕地呆立着的时候，我就溜出来，回到树林里，找到布兰提，一路狂奔回家，对卡诺克说："你不敢杀了他，所以我就杀了他。"

但我没有这样做。我给自己讲这个故事的时候对它深信不疑，然而在故事结束之后又不信了。

我常常给自己讲这个故事，直到精疲力竭，然后我再没有故事可讲了。

那一年，我深深地陷入黑暗中。

最后，在黑暗中的某个地方，我转过了身，但自己并不知道。那是混沌，那里没有前后之分，没有方向；但我转身了，之后的路就是回来的路，朝向光明的路。煤球是我在黑暗沉默之中的伙伴。歌里则是我归途的向导。

有一次她来的时候，我坐在壁炉边的位子上。壁炉没有生火，当时是五月或六月，只有厨房才生火；但我一天中大多数时候，大多数日子里，都坐在那个位子上。我听见她来了，星辰的马蹄轻快地踏在院子里，歌里的声音，索索跟她打招呼，说着："他还在老地方。"——然后我感觉到她的手放在我肩上；但这次不只是这样，她俯身过来，亲了我的脸。

自从母亲死后，还没有人亲吻过我，连触碰都很少。那种触感像闪电穿过云层一样，穿过了我的身体。我在震惊和甜蜜之中喘息。

"灰烬王子。"歌里说。她身上有马汗和青草的味道，她的声音如同清风拂过树叶。她坐在我身边。"你记得那个故事吗？"

我摇摇头。

"哎呀，你肯定记得。所有故事你都能记住。但那个故事是很久以前的了。我们很小的时候听的。"

我还是没说话。沉默已成了习惯，如同舌头上坠着铅块。她继续说道："灰烬王子是那个睡在壁炉角落的男孩，因为他父母不让他睡床上——"

"养父母。"

"没错。他父母不小心把他弄丢了。怎么可能把孩子弄丢呢？他们一定太不小心了。”

“他们是国王和王后。一个女巫把他偷走的。”

“对！他去外面玩，那女巫从森林里出来——她手里拿着香甜熟透的梨子——他刚咬了一口，她就说：‘啊哈，下巴黏糊糊，你是我的了！’”歌里回想起故事情节，笑了起来，“他们管他叫‘黏下巴’！但后来怎么样了？”

“女巫把他送给了一对穷人夫妇，他们已经有六个孩子，不想要第七个。但她给了他们一块金子，让他们收留他，把他养大。”那些语言，那种文字的节奏，将我十年来都没有想起过的故事直接带到了我的脑海里，同时还有母亲讲故事时的声音。“就这样，他成了那家人的奴仆，随时听命。‘黏下巴，干这个！’‘黏下巴，做那个！’从来没有一刻空闲，直到深夜，干完了所有的活，他才能爬进壁炉的角落，睡在温暖的灰堆里。”

我停了下来。

“噢，奥莱克，继续讲呀。”歌里慢慢地说。

于是我继续讲灰烬王子的故事，以及他最后怎样得到自己的王国。

我讲完后，有一小会儿沉默。歌里擤了擤鼻子。“居然被一个童话故事弄哭了。”她说，“但它让我想起了梅乐……煤球，你的爪子灰扑扑的。把你的爪子伸过来。对。”接下来就是一阵清理。煤球站起来，劲头十足地摇头摆尾。“我们出去吧。”歌里说，她也站了起来，但我仍然坐着。

“去看看星辰的本事。”她引诱道。

她说“看看”，我也经常说这个字眼，因为每次都要另找一个更确切的、专门的字眼太麻烦了；但这次，因为我内心有某些东西改变了，因为我已经转身，而自己还不知道，我爆发了——“我看不见星辰有什么本事。我什么也看不见。根本没用，歌里。回家去吧。这太蠢了，你上这儿来。根本就没用！”

歌里停顿了一下，说道：“这个我可以自己决定，奥莱克。”

“那你倒是做啊！用用脑子！”

“用用你自己的脑子。它什么毛病也没有，只不过你不再用它了。你的眼睛也是一样！”

听了这话，我的怒气再也抑制不住，以前那种令人窒息、压抑的怒火，我每次想要运用灵能的时候都感受到的怒火。我伸手拿起自己的东西，盲眼喀达尔德的手杖，站起身来。“出去，歌里。”我说，“趁我还没伤到你，赶紧出去。”

“那就把你的蒙眼布拿下来！”

在怒火的驱使下，我用手杖朝她打去——盲目地乱挥一气。打到的只是空气和黑暗。

煤球尖声大叫，带着警告的意味。我感觉到它走上前，抵住了我的膝盖，让我没法往前走。

我俯身，摸到了它的脑袋。“没事的，煤球。”我喃喃道。我又是紧张，又是羞愧，浑身颤抖。

歌里随即在稍远的地方开口了：“我会在马厩。罗安妮好几天没出去遛了。我想看看它的腿。要是你愿意，我们可以骑马。”然后她就走了。

我用手搓搓脸。手和脸都有些粗糙的感觉。我可能是把灰抹到自己脸上和头发上了。我去了洗碗的地方，把头伸进水里，又洗了手，然后让煤球带我去马厩。我的腿还有些发抖。我觉得自己像个老人一样；煤球感觉到了，走得比平常慢，照顾着我。

父亲和阿罗克骑着两匹公马出去了。罗安妮独占了马厩，在一个大马棚里，可以躺下来。煤球把我带到它边上。歌里说：“摸摸这里。这就是风湿的位置。”她拉着我的手，引着它摸到马儿的前腿，上面的关节，还有膝盖上方那有力而又纤细的胫骨。我能感觉到关节处灼人的温度。

“噢，罗安妮。”歌里说道，温柔地抚着那匹年老的母马。罗安妮轻轻嘶鸣，靠在她身上，它被人抚摩或轻拍的时候总是这样。

“我不知道是不是该骑它。”我说。

“我不知道。不过它应当活动活动。”

“我可以牵着它出去。”

“也许你是该牵着它。你现在重多了。”

这倒是。这么久以来我都不怎么动，虽然蒙起眼睛之后，食物也显得没滋没味，但我总觉得饿，而拉布和索索，还有厨房里的女孩子们虽然不能替我做别的，但还能给我喂吃的。我的体重长了不少，也迅速蹿个子了，以至于夜里骨头都会痛。我的头总会磕到过梁，去年还离得老远呢。

我把缰绳系到罗安妮的马勒上——现在我做这些事情已经极其熟练了——然后将它牵了出去，歌里则把星辰带到上马石那里，骑在它没上鞍的裸背上。我们就这样出了院子，走上峡谷的小径，煤球领着我，我则牵着罗安妮。我能听见身后它的脚步声很不均匀。“这就像它在说痛、痛、痛。”我说。

“它是在说。”骑在前面的歌里说。

“你能听到它心里想什么？”

“如果我与它沟通的话。”

“那你能听到我心里的话吗？”

“不能。”

“为什么不能？”

“我不能沟通。”

“为什么呢？”

“语言会成为障碍。语言和……所有的东西。我可以跟小婴儿沟通。我们就是这样知道某个女人怀孕了。我们可以沟通。但随着婴儿长大成人，我们就接触不到了。不能召唤，也听不到。”

我们沉默地前行。走得越远，罗安妮似乎越轻松，于是我们绕路去了白蜡溪那条小道。我说：“等我们到那儿之后，给我讲讲那里是什么样子。”

“没什么太大的变化，”我们经过那面被摧毁的山坡时，歌里说，“多长了些草。但还是地如其名。”

“混沌。那棵树还在吗？”

“就一截树桩。”

我们在那里折返。我说：“你知道，奇怪的是我都不记得自己做了这个。就好像我睁开眼睛，就成那样了。”

“但你们的灵能不就是这样的吗？”

“不是。不能闭上眼睛！不然我干吗要戴着这该死的布条？这样我才不会用到它！”

“但作为野性的灵能——你本来就不需要有意运用它——它发生得太快了——”

“我估计是。”但我当时是有意的，我心里想。

罗安妮和我脚步沉重，另外那几位在我们前面却十分轻快。

“奥莱克，我很抱歉叫你拿掉蒙眼布。”

“我很抱歉敲你那一下没敲中。”

她没有笑，但我心情好些了。

* * *

歌里向我问起那些书并不是在那天，但也没隔多久——她指的是梅乐在病中的秋天和冬天写的书。她问那些书在哪儿。

“在她房间的箱子里。”我心里不无嫉妒，仍然把那里当成是她的房间，虽然卡诺克在那里坐卧起居已经一年半了。

“我能不能看看？”

“你是整个高地唯一可以看的。”我带着漫不经心的苦涩说，现在我一开口就是这副语气。

“我不知道。太难了。我现在都不记得有些字词了……但你能读。”

“没错。等我拿掉蒙眼布，等猪飞上天的时候。”

“听我说，奥莱克。”

“这是我唯一能做的事了。”

“你可以试试看书。你可以只尝试一小会儿，就一本书。不去看别的任何东西。”歌里的声音有些沙哑，“你不会摧毁你看到的所有东西！如果你所看到的只是你母亲写的！她全都是为了你写的！”

歌里不知道，我在梅乐死前看到了她的面孔。没有人知道，除了我父亲。没有人了解我知道的事情，那就是我绝不会伤害梅乐。那我会不会摧毁她留给我的唯一的东西呢？

我没法回答歌里。

我从未向父亲保证过不会除下蒙眼布。我们并没有明说的约定，但约定是有的，而且它约束着我。然而在不需要的时候，它也曾约束我——在母亲生命的最后一年里，它让我没能看见她，让我对她毫无用处，而且根本没有理由。或者说，因为我的盲眼对父亲有用，让我成为他的武器，他对敌人的威胁。但我的忠诚仅仅是对他的吗？

在很长一段时间里，我不能再细想下去。歌里没再说什么，我也以为自己已经把这件事忘了。

但在秋季的时候，我们两人都在马厩，我将敷的药搽进罗安妮的膝盖里，卡诺克在修剪灰鳖的一只出了毛病的马蹄，我突然说：“父亲，我想看看母亲写的那些书。”

“书？”他迷惑地说。

“她很久以前给我做的书，还有她生病时写的。它们在箱子里，在那个塔楼房间。”

他沉默了一会儿，说道："它们对你有什么用？"

"我想要它们。那是她给我做的。"

"你要的话就去拿吧。"

"好的。"我说。罗安妮后退了一步，因为我为了遏制怒气，使劲地抓着它酸痛的膝盖。我恨父亲。他对我毫不关心，对母亲用尽最后的精力做出来的东西毫不在意，对一切都无动于衷，只关心他身为喀司普罗莽的头人，要求所有人按他的意愿行事。

我给母马上完药，洗了手，直接去了塔楼，我知道父亲这会儿不在。煤球急切地引着我上楼，好像希望在那里看到梅乐似的。房间里很冷，有种绝望的气息。我摸索着找到那只箱子，伸出手摸到了床边的踏脚板。那条披肩就在上面，我祖母织的那条棕色披肩，母亲觉得冷的时候曾经披着它，她去世前也披着它。我知道它的触感，手织的羊毛那种有些粗糙的柔软感觉。我弯下腰，将脸埋在里面。但我没有闻到母亲的气息，我记忆中那种微弱的香气。那条披肩满是汗味和咸咸的味道。

"去窗户边，煤球。"我说。我们找到了那只箱子。我打开盖子，摸到亚麻帆布的书页在里面叠着。我一只手拿不了那么多。我在那堆硬邦邦的东西中间摸索，直到摸到那本装订起来的书，那是她给我做的第一本书，《拉尼尤神事迹和奇迹史》。我把它拿出来，合上了盖子。煤球准备带着我走出房间时，我伸出手，又摸了摸那块披肩，心里有种奇特的拧痛，我没有多想那是为什么。

我脑子里只想着拿书，拿到母亲给我的东西，她为我做的，并留给了我。这就够了。我想着。我把它放在自己房间里的桌子上，这里一切都有固定的位置，绝对不会放错地方，任何人都不准碰任何东西。我跟大家一起吃了晚餐，与父亲双双沉默地吃着。

晚餐结束的时候，他问道："你找到书了吗？"他说的时候有些迟疑。

我点点头，突然有种恶意的愉悦，在脑子里奚落他：你根本不知道那是什么，你不知道它有什么用，你连字都不认识！

我独自一个人在房间里时，在桌旁坐了一会儿，然后小心翼翼地除下蒙眼布，拿掉了眼睛上的垫子。

我眼前一片黑暗。

我差点尖叫起来。我的心惊恐地跳着，脑子一片晕眩。不知道过了多久，我才意识到自己面前的某个地方悬挂着一个东西，填满了模模糊糊的银色小块。我仔细看了看。那是窗框，还有星光。

不管怎样，我房间里没有灯。我得去厨房找燧石和火镰，还得弄盏灯或者蜡烛。如果我去要这些东西，厨房里那些人会说什么？

我渐渐习惯了看东西，在星光下可以看清桌上那本书有些发白的长方形状，我用手摩挲着它，看到了模糊的动作。做出这个动作，还能看见，我太高兴了，一遍又一遍地做着。我抬起头，看见秋天的星星。我久久地凝视着它们，看到它们慢慢地向西边移动。这已经够了。

我重新将垫子放到眼睛上，小心地系好蒙眼布，脱掉衣服上床睡觉了。

我看着那本书和我自己的手时，从未有一刻想过我可能会毁掉它们；关于我的危险灵能的想法根本没有进入我的脑子里，我脑子里想的全是“看见”这种灵能。因为我能看见星星，我就会毁掉它们吗？

15

在很长一段日子里，我只要有梅乐给我写的那些东西就够了，我把它们拿到了我的房间，放在一个雕花盒子里。每天早上天一亮我就开始读，公鸡刚开始打鸣，我就醒了，起床坐在桌子边，把蒙眼布推到前额上，以备万一有人走进房间，我就立刻把它拉下来盖住眼睛。我小心翼翼地不去看别的地方，眼睛只盯着那些书页，还有就是抬头看看窗户——一次是开始的时候，再一次是结束的时候——看窗外的天色。我推断，我看看母亲写的东西，还有抬头看看天光，应该不会造成什么伤害。

我特别小心的一件事是不去看煤球，不过这也极其困难。我渴望看到它。如果它在房间里，我知道自己忍不住不去看它，这个想法令人浑身发冷。我试着用手围在眼睛周围，这样就只看得见书上的字迹，但还是不安全。我闭上眼睛，将可怜的煤球关在房门外。“在这儿待着。”我在门外对它说，我听到它顺从地摇了摇尾巴，发出轻微的声响。我关上门，觉得自己好像出卖了它一样。

我常常迷惑不已，不知道自己读的是什么，因为那些亚麻布的书页之前被杂乱无序地放在箱子里，而我去拿的时候又把它们弄得更乱了。母亲写的时候，就只是随意地记下她脑子里想起来的任何东西，往往只是一些片段和段落，没头没尾，也没有任何解释。她最开始写的时候还会加上注解“此处来自祖母教我的恩筝祷词，为女人念诵”，或是“我不知道这则《神圣莫姆传》的更多内容”。有几页开头写着“致吾儿，喀司普罗莽的奥莱克”。较早的一篇是关于鱼藤水创建的传奇故事，题为《鱼藤水与喀司普罗莽的梅乐·奥利塔的井蛙之见，致我亲爱的儿子》。随着她病情加重，字迹也日渐无力匆促，再没有对故事的解释，不成篇的片段也更多了。故事也被诗歌和颂歌取代，全都是难以辨认的字迹，写在书页上，我只有自己大声读出来才能明白。到了后来，有的字迹已经极其难以辨认。最后一页——它在箱子里的最上面，我还是把它原样放着——只有几行浅色的字迹。我还记得她说自己太累了，要停一段时间不写了。

我估计这显得很奇怪：读完了母亲留给我的这些珍贵礼物，感受了那种强烈的愉悦之后，我依然甘心情愿地再次蒙上眼睛，整天摸索着，由一条狗领着行动。我不仅是情愿，而且乐意。我唯一能够卫护喀司普罗莽的方式就是当一个盲人，于是我就当盲人。我找到了一种救赎式的愉悦来减轻自己的责任。然而我的责任依然还在。

我心里明白，找到这种救赎的并不是我自己。是歌里说，“你可以读它们”。那会儿是秋季，她在罗德莽忙着秋收，很少过来；但她一来，我就把她带到我的房间，给她看那盒书，告诉她我在读这些书。

她似乎并没有多高兴，更多的是心不在焉和尴尬，急着想离开房间。对于她面临的风险，她的感觉当然比我更敏锐。各个领地的人们对女孩子绝对算不上苛刻，在户外或者可能有其他人在的地方，年轻人一同骑马、散步、聊天，没人会觉得异样；但一个十五岁的小姑娘去男孩子的卧房还是太过了。拉布和索索可能会激烈地责备我们，当然，还有些人，那些纺织娘或者厨房帮佣，还可能会说闲话。当我终于想到这种可能时，我感觉到自己脸红了。我们一言不发地去了外面，彼此都不太自在，直到我们聊了半个小时的马。

之后我们才讨论起我读的东西。我为歌里背诵了奥德莱赛的一首颂歌。我的心为之飞扬，但她却兴味索然。她更喜欢故事。我没法向她解释，我读的那些诗是如何地令我沉醉其中。我想要弄清楚它们是怎样组合的，这个词为什么重复，那个声韵又是怎么押的，还有这些词句中的节奏如何贯穿。一天中那些处于黑暗中的时候，我脑子里想的全是这些。我会试着自己将一些词填进我发现的模式中，有时奏效了。那让我有种强烈的、纯粹的快乐，那是持久的乐事，每次我想到那些词、那些模式、那些诗，都会感受到那种快乐。

歌里那天情绪低落，后面一次来的时候也是。那时已经到了阴雨绵绵的十月，我们坐在壁炉角落里聊天。拉布给我们端来满满一盘燕麦饼，我慢慢地吃着，歌里基本上坐着沉默不语。最后她说："奥莱克，你觉得我们为什么会有灵能？"

"用来护卫我们的人。"

"我的不是。"

"不。不过你可以帮他们打猎，帮助他们获得食物，为他们训练动物劳作。"

"没错。但你的灵能，或者父亲的，消殒，杀害什么的。"

"必须得有人能做这些。"

"我知道。但你知道吗？……用那种刀锋的灵能，父亲可以把一小块碎片从你的手上取出来，或者拔掉你脚上扎的刺。干净利落，只有一滴血。他就那么一看，东西就出来了……还有南诺·柯迪。她可以把人变成聋子、瞎子。但你知道吗？她让一个失聪男孩的耳朵复聪了？他又聋又哑，只能跟他母亲打手势，但现在他能听见，可以学说话了。她说，她是用把人变聋的方法做到的，只不过一个是顺着来，另一个是倒着来。”

这倒是挺有意思，我们讨论了一会儿，但这对我来说没什么意义。对歌里却不同。她说：“我在想，是不是所有的灵能都是反的。”

“什么意思？”

“不是召唤。那个你正着用或者反着用都可以。但像刀锋，或是柯迪莽的封闭之能——也许它们是反的。也许它们最开始的时候，是用于疗愈的，用来治疗。后来人们发现它们可以作为武器，于是就用在了那方面，却忘记了另外的方式……甚至是泰勃罗家族的控制之能，也许它最初只是一种与人合作的灵能，后来他们把它反着用，让人们替他们做事。”

“摩加一族呢？”我问道，“他们的灵能并不是武器。”

“不——它只有好处，能发现人们的病因以便知道如何治疗。它并不是用来让人患病的。它只有正向的方面。正因为这样，摩加一族只得躲藏在没有人去的地方。”

“好吧。不过有些灵能可能就没有正向的。黑尔瓦家族的清理又怎么说？还有我的灵能？”

“它们一开始可能也是用于疗愈。如果有人，或是动物，身体内部有问题，出了毛病，就像成了死结——也许那是解开结的灵能——校正它，把它整理好。”

对我来说，这番话如同警钟，敲响了意想不到的可能性。我清楚她的意思。那就像我脑子里形成的诗，那些纠结混乱的字词突然形成了诗句，明明白白，而你发现了它：就是这样，这就对了。

“但是我们为什么不再那样做，而只是用它把人们的身体内部变成一团糟乱？”

“因为敌人太多了。但也许还因为，你没办法在两个方面使用灵能。你不可能同时既向前，也向后。”

我从她的声音里能听出来，她要说的是对她来说非常重要的事。一定与她运用自己的灵能有关，但我不确定是什么。

“好吧，要是有人能教我怎么运用我的灵能去成就，而不是摧毁，我会试着学学的。”我有些漫不经心地说。

“你会吗？”她却认真了。

“不会。”我说，“除非我先杀了奥吉·德拉姆。”

她大大地叹了口气。

我一拳打在壁炉座位的石头上，说道：“我一定会。我要杀死那条肥胖的毒蛇，等我能做到的时候！卡诺克为什么不动手？他在等什么？等我吗？他知道我不能——我控制不了灵能——

他可以。他怎么能坐在那里，不去为我母亲报仇！”

我从来没跟歌里说过这话，我自己也很少说。说话时突如其来的怒气令我浑身发烫。她的回答却是冷冰冰的。

“你想让你父亲死吗？”

“我想让奥吉·德拉姆死！”

“你知道奥吉·德拉姆身边日日夜夜都有保镖，那些人都带着刀剑，还有弩弓。他儿子塞卜也有他的灵能，雷恩·柯迪也替他做事，他手下的人全都在提防着喀司普罗莽的人。你是想让卡诺克大步走到那儿去，被人杀掉吗？”

“不——”

“你不会是觉得他会背后伤人吧？——那是他干的事吗？趁着夜里偷偷潜进去？你觉得卡诺克会这样做？”

“不。”我说着，用手捂住了头。

“我父亲说，他已经足足担心了两年，生怕卡诺克会骑上马，跑到德拉姆莽去杀奥吉·德拉姆。就像骑马去杜奈那次。只不过是独自一个人。”

我无话可说。我知道卡诺克为什么没有这样做。是为了需要他保护的人。为了我。

过了很久，歌里说：“也许你不能把你的灵能正着用，只能反着用，但我可以正着用。”

“你很幸运。”

“没错，”她说，“不过我母亲不这么想。”她突然站起来说，“煤球！去散散步吧。”

“你说你母亲不这么想是什么意思？”

“我是说，她想让我跟她一起回博莱莽去，参加冬猎。如果我不肯跟她去，并学着召唤猎物，她说我最好给自己找个丈夫，而且要快，因为如果我不运用灵能，就不能指望罗德莽的人养我。”

“但——特诺克怎么说？”

“父亲很苦恼，也很担心。他不希望我惹母亲生气，也不明白我为什么不想当头人。”

我感觉到煤球已经站起来了，耐心地等着，随时准备出发去散步。我也站起来，我们走了出去，天上下着小雨，没有风。

“你为什么不想？”我问道。

“全都在那个蚂蚁的故事里。走吧！”她拔腿走进雨里。煤球拉着我跟在她身后。

那场对话令人不安，我也不是完全明白。歌里十分苦恼，但我对她毫无帮助，她关于找个丈夫那番话让我摸不着头脑。自从我的眼睛被蒙起来以后，我们再没有提过在瀑布上面那块石头上答应的话。我不能拿那个约束她。但要怎么样呢？我可以忽略这一切。诚然，我们十五岁了。但没必要急着决定任何事，甚至没有必要谈起。我们彼此了解，这就够了。在高地，策略性的订婚可能很早就定下，但人们几乎都要到二十多岁才结婚。我对自己说，帕恩只不过是威胁歌里而已。但我自己也感觉到了这种威胁。

歌里说的关于灵能的话在我看来颇有道理，但似乎只是理论而已；除了她自己的灵能，召唤之能。它既可以正着用，也可以反着用，她说。如果她说的反着用是指召唤野兽来让人杀掉，那正着用就是用在家养的动物上——驯马、唤牛、训练狗，还有疗愈。尊重信任，而非背叛信任。她是这么想的。如果她秉持这种想法，帕恩不可能让她改变。没有任何东西能让她改变。

但是，培养和驯马也确实被认为是任何人都可能学会的技艺。他们家族的灵能是召唤猎物。如果她不愿意运用这种灵能，她确实当不了罗德莽的头人，也当不了任何地方的头人。如果——如帕恩所想——这是不尊重自己的灵能，这是背叛。

那我呢？没有运用灵能，而是拒绝它，不信任它——我是在背叛它吗？

* * *

这一年就这么过去了，黑暗的一年。但现在，每天天明时都有那一个小时光明的时间。初冬的时候，那个逃跑的男人来到了喀司普罗莽。

他算是死里逃生，不过他自己不知道，因为他从西边进到我们的地盘，就在放羊的草场下面，我们之前遇到那条蝰蛇的地方，当时卡诺克在那边巡视围栏，他一有空就骑着马去我们与德拉姆莽和柯迪莽的边界。他看见那人跳过石墙，走了过来，用他的话说，偷偷摸摸地溜上山。卡诺克拨转布兰提的马头，朝他冲了过去，像一只追着老鼠的猎鹰。“我伸出了左手，”他说，“我觉得他肯定是偷羊贼，或者是为了银牛来的。我不知道是什么让我停了手。”

无论是什么原因，总之他当时没有灭掉埃蒙，而是勒住马，问他是什么人，在干什么。也许他就在打眼之间已经看出，这个人并不是我们这里的，不是来自德拉姆莽的偷牛贼，也不是来自格伦家的偷羊贼。

也许当他听到埃蒙说话时，听到那种柔和的低地口音，他心软了。不管怎样，他相信了那人的话，他说他从丹拿一路晃荡过来，迷了路，什么也不要，只求能有个地方住一晚，如果可以的话还想找点活干。十二月的雨裹着雾气，寒意十足，眼看就要从山上下来了，而那个人连件像样的外套也没有，只穿了件几乎难以蔽体的上衣，还有条围巾，根本不管用。

卡诺克把他带到农场的房子里，那个老妇人和她儿子如今在那儿照料银牛。卡诺克说，要是他愿意，可以第二天来石屋，也许会有点活儿给他干。

我之前没说起过银牛的事。德拉姆莽来的贼偷走了另外两头牛，这是唯一留下的那头小母牛。它长成了高地最漂亮的母牛。阿罗克和父亲把它带到罗德莽，跟特诺克的大白牛配种，一路上人们都对它赞叹不已。它第一次配种后生下了两头小牛，一公一母；第二次生了两头小母牛。那个老妇人和她儿子牢牢记着他们之前对另外那两头牛的疏忽大意，把它当公主一样照看，他们一刻不离地跟着它，用性命守护它，给它梳那身乳白色的毛，把最好的东西喂给它，对所有路过的人夸它夸个不停，它被称作“银牛”。多亏了它和另外两头牛生下的小牛，卡诺克曾经梦想过的牛群也初具规模。它在那里长得很好，因此他把它带回那个地方；但它生下的小牛一断奶，他就把它们转到了高处的牧场，让牛群远离危险的边界。

隔了一天，来自低地的流浪者来到了我们的石屋。宅子里的人们听见卡诺克彬彬有礼地招呼他，于是毫无异议地接受了他，给他吃的，找了件旧斗篷让他保暖，还听他说些什么。大家都很高兴在冬天里能有个新鲜人说说话。

“他说话就像我们亲爱的梅乐。”拉布低声说着，眼泪盈眶。我没有流泪，但我确实喜欢听到他的声音。

一年中的那个时候，其实没有什么活儿需要额外的人手，但这是高地的传统，接纳窘迫的陌生人，至少做出给他活儿干的样子，挽救他的自尊心——只要他没显出来自跟自己有仇怨的领地的苗头，那样的话，他可能就是边界上的一具死尸了。很明显，埃蒙对马儿、羊或是牛都一无所知，对任何农活也是一窍不通。不过清洁挽具是人人都能干的。他被指派去清洁挽具，他也有一搭没一搭地干着。他的自尊心其实不难挽救。

大多数时候，他跟我坐在一起，或是跟我和歌里两人一起，在大壁炉的角落里，另一头那些纺织的女人低低地唱着温柔的、长长的歌。我已经说过我们聊些什么，还有他给我们带来的欢乐，仅仅因为他来自另外的世界，在那里，令我们极度困扰的事情根本都没有意义，而我们那些残酷的问题根本都不必问出口。

我们说起我盲眼的事情时，我告诉他父亲把我的眼睛蒙上了，当时他十分小心，没有多问。正如高地人的俗话所说的，他感觉到脚下的颤动，就知道那是危险的沼泽。但他跟宅子里的人们打听，他们告诉他，小奥莱克的眼睛被蒙上是因为他的灵能野性不羁，可能会摧毁他眼前的任何东西或任何人，不管是不是出于他的意愿。我很确定，他们还给他讲了盲眼喀达尔德的事情，以及卡诺克是如何突袭了杜奈，也许还有我母亲是怎么死的。这一切一定让他难以置信；而我能明白，在他看来，这可能仍然是无知的乡下人出于自身恐惧的迷信，用巫术的说法吓唬自己。

埃蒙很喜欢歌里和我；他为我们感到难过，也知道我们有多喜欢他的陪伴；我觉得，他想象自己能帮助我们——启迪我们的心智。当他知道，虽然我说过我的眼睛是父亲蒙上的，但我自己也一直捂着眼睛时，他非常震惊。“你这样对自己？”他说，“但你真是疯了，奥莱克。你心里没有恶念。就算你整天瞪着只飞虫，也不会伤害它的！”

他是个成年人，我只是半大男孩，他是个贼，而我品行诚实，他见过世面，我孤陋寡闻，但对于恶，我比他了解。“我心有恶念。”我说道。

“嗐，即使是最好的人，心里也会有一点儿恶念。因此最好是让它显露出来，承认它，而不是去培育它，让它在阴暗中溃烂，嗯？”

他的建议出自好心，但对我来说不无冒犯，也令人痛苦。我不想说难听的话，于是站起来，朝煤球说了一句，就出去了。我走的时候听见埃蒙对歌里说：“唉，他现在可跟他父亲没两样了！”我不知道她说了什么，但后来他对我的蒙眼布再没有说什么劝告的话。

我们最安全、最有成效的话题是驯马和讲故事。埃蒙对马所知不多，但在低地的城市中见过不少好马，他说他从没见过任何马儿像我们的马儿一样驯服，即使是老马罗安妮和灰鳖，更不用说星辰了。天气不是很坏的时候，我们会去外面，歌里展示着她和星辰一起练习的技巧和步态，我只能通过她的描述来了解。我听见埃蒙高声喝彩，赞叹连连，于是在心里想象歌里和那匹小母马的样子——但我从来没看过它。我也没看过歌里现在的样子。

有时我会注意到埃蒙跟歌里说话时的语气，特别温和，带着点安抚的意味，几乎有些花言巧语。大多数时候，他对她说话时是成年男人对小姑娘的语气，但有时给人的感觉像男人对女人说话。

这种花招没什么用。她答话时还是像个小姑娘，冷淡直白。她喜欢埃蒙，但也不太看得上他。

刮风下雨的日子，或是密密的雪花席卷山丘时，我们就待在烟囱旁边的角落里。埃蒙给我们讲低地人的生活实在是讲得不怎么样，有一天我们没什么可聊的了，于是歌里让我讲个故事。她喜欢查木汗的英雄传说，于是我讲了哈姆内达和他的朋友奥姆南的故事。之后，由于听众的热切——那帮纺织娘都不再唱歌了，有些人甚至连纺轮都停了下来，就为了听故事——我继续念了拉尼尤神庙经典中的一首诗，母亲曾经写过的。有些地方是断掉的，因为她不记得了，但我用自己的话填上了，保持了那种复杂的节奏。

无论我什么时候读到那些字句，我的心灵都会为之振奋，而我讲述的时候，我整个人是不由自主的，它只是借我的口表现出来而已。我讲完时，一生中第一次听到那种沉寂，对表演者来说，那是最令人愉悦的奖赏。

“诸天神明啊！”埃蒙用敬畏的声音说。

那群纺织娘也崇敬地喃喃低语。

“你是怎么知道那个故事的，那首诗歌？——啊，当然是从你母亲那里——但这都是她给你讲的吗？你都记下来了？”

“她给我写下来了。”我不假思索地说。

“写下来了？你会认字？——戴着蒙眼布肯定读不了！”

“我会认字，但戴着蒙眼布读不了。”

“那你的记性得多好啊！”

“记忆是盲眼之人的眼睛。”我说，带着某种恶意，觉得自己犹如在击剑，最好是采取攻势，因为我几乎已经放弃了防备。

“她教你认字的吗？”

“歌里和我。”

“但你在这儿有什么可读的？我就没见过有书。”

“她给我们写了一些。”

“诸天神明啊！听着，我有本书。那是…… 人家给我的，在底下城里的时候。我这一路上都把它放在包袱里带着，觉得它可能会有点儿用。在这儿没用，哈？但对你来说也许有用。来，让我找找。”他很快就回来了，把一个小盒子放在我手上，也就一个指节厚。盖子很容易就掀开了。底下不是空的，我摸到像是丝绸的表面。再下面是更多的书页，一边装订起来，跟母亲之前做的书一样，纤薄但有些硬挺的感觉，以便翻页。我止不住地想要用手去碰触它们。我也极其渴望看到它们，但我把书还给了埃蒙。“读一点听听。”我说。

“给，歌里，你来读。”埃蒙马上说道。

我听见歌里翻动书页。她拼出了几个词，然后放弃了。“这跟梅乐写的太不一样了，”她说，“又小，又暗，直上直下的，所有的字母看着都一样。”

“这是印刷的。”埃蒙一副见多识广的样子，但我想了解那是什么意思，他却说不出什么来了。“祭司才能做，”他支支吾吾地说，“他们有那种辊子，跟压酒的东西一样，你知道……”

歌里告诉我那本书是什么样子：外面是皮的，可能是小牛皮，表面是硬皮，很有光泽，书脊是呈金色的卷轴形，书页连接的背面有更多的金色叶子，还有一个红色的词，书页边缘烫金。“它非常非常美，”她说，“一定是很珍贵的东西。”

我从埃蒙的话里听出她把书还给了埃蒙，他说：“不，这是给你和奥莱克的。如果你们能读，那就读吧。就算不能，没准哪天会有能读的人偶然出现，他们会以为你们很有学问呢，哈？”他快活地笑起来，我们感谢了他，他又把书放回我手里。我捧着书。这确实是极其宝贵的东西。

清晨，借着第一抹还有些灰蒙蒙的天光，我看到了它，那金色的书页，书脊上的红字“嬗变”。我翻开它，看到里面的书页（我仍以为那是极其精细的布料），扉页上那漂亮至极的粗体花字，白色内页里那些小小的印刷字体，像密密麻麻的蚂蚁……密密麻麻的蚂蚁。我眼前浮现出白蜡溪上面那条小路边的蚁丘，蚂蚁进进出出地忙自己的事情，我手指目视，运用咒语和意志，袭向它们，然而它们依然故我，于是我闭上了眼睛……我闭上眼睛，又重新睁开。那本书就在我面前，打开着。我读了一行：因此在他心底，他默默地发下誓言。那是诗歌，一部叙事诗。我慢慢将书翻到第一页，读了起来。

煤球在我脚边换了个姿势，抬头望着我。我低头看看它。我看见一条中等大小的狗，一身服贴的黑色卷毛，耳朵和面部的毛又短又细，长鼻高额，清澈专注的深棕色眼睛直直地望着我的眼睛。

我因为满怀期待而太过兴奋，在取下蒙眼布之前忘记把它关在房间外了。

它站起来，仍然看着我的眼睛。它非常吃惊，但出于非常强烈的自尊和责任感，没有表现出来，除了那专注、迷惑而又忠诚的眼神。

“煤球。”我颤抖着声音说，并把手放在它的口鼻部位。

它闻了闻我的手。是我没错。

我跪了下去，抱着它。我们并没有太多地流露情感，但它将前额抵住我的胸口，保持了一会儿。

我说：“煤球，我决不会伤害你。”

它知道。不过它望向房门，似乎是告诉我，虽然现在这样开心得多，但它愿意出去，在外面等着，因为那是一贯的规矩。

我说：“留下吧。”它就在椅子边躺下了，我则继续看我的书。

16

埃蒙没过多久就离开了。虽然卡诺克十分好客，不允许礼节有失，但很明显，人们对他越来越冷淡。事实上，冬末春初时节石屋的生活也不怎么样，母鸡不下蛋了，香肠火腿之类的早就吃完了，也没有肉牛可宰。我们吃的主要就是燕麦粥和干苹果；唯一能吃到的肉和奢侈享受是烟熏或新鲜的鳟鱼和鲑鱼，在洪水溪或白蜡溪抓到的。听我们说起喀兰塔奇那些富裕的大领地之后，埃蒙可能觉得他在那儿能吃得更好些。我希望他到了那里，但愿那些人没有用灵能招呼他。

走之前，他跟歌里和我严肃地谈了话，对于像他那样颇为轻浮、小偷小摸的人来说，是够严肃的了。他对我们说，我们应当离开高地。“这儿对你们有什么好的？”他说，“歌里，你不想照着你母亲的意思替猎手召唤猎物，因此你在人们眼中毫无用处。奥莱克，你蒙着那破玩意儿，因此在这样的农场你也毫无用处，什么也干不了。但如果你们去低地，歌里，就凭你那匹母马，只要展示一下它的步态，你在任何养马场或马厩都能找到活计，爱去哪家都行。还有你，奥莱克，你能记下那些传说和诗歌，还能化为己用，这在所有城镇都是宝贵的技能，在城市里也是一样。人们会围过来听说书人和歌唱者表演，给的钱可不少，有钱人还把这种人养在家里，就为了显摆。就算你这辈子都只能蒙着眼睛，呃，有些诗人和歌者也是盲人。如果我是你，我肯定会睁开眼睛，看看自己唾手可得的是什么。”

就这样，四月的一个晴朗的日子，他往北走了，开玩笑似的挥手告别。穿着卡诺克给他的一件气派、暖和的袍子，背着他的旧包袱，里面是从我们橱柜里拿的几把银勺子，一个碧玉和砂金的胸针——那是拉布心爱的宝贝，还有马厩里的一副镶银的勒子。

“他压根儿就没手脚干净过。”卡诺克说，不过并没有敌意。招待一个贼，肯定会丢东西。你不知道自己可能得到什么。

这几个月来他跟我们在一起，歌里和我聊天的时候都不像以前那样有什么说什么了。有些事情我们压根儿就没聊过。那是冬天，本来就是等待的季节，暂停的时候。现在，我们之前压抑着的东西一下子爆发了。

我说："歌里，我已经看到过煤球了。"

煤球听见自己的名字，尾巴竖了起来。

"我忘记把它弄出去了。我往下一看，它就在那儿，它还跟我对视了。所以……在那之后，我再没让它出去。"

歌里想了很久，然后说："那你的想法是……那样是安全的……？"

"我不知道我是什么想法。"

她沉默不语，思索着。

"我觉得当我——我的灵能出了问题的时候，当它不受我的控制时——我一直在极力地去运用它，我的灵能——试了又试，还是做不到。那令我愤怒，又羞愧无比，父亲又一直不停地逼我，于是我不住地去尝试，越发觉得愤怒和丢脸，直到它爆发出来，无法控制。因此，如果我永远不试着去运用它，也许……也许就没事了。"

歌里又思考了这番话："但你杀死那条蝰蛇的时候——那时你也没有想着要运用灵能，是吗？"

"其实我是想着的。我那时一直都在担心，怕自己不具有灵能。然而，真的是我杀死了那条蛇吗？听着，歌里，这件事我想过无数次。我朝它一击，阿罗克和我父亲也一样发起了攻击，几乎都在同时。阿罗克以为那是我，因为确实是我先看见的。而父亲——”我停了下来。

“他希望是你？”

“也许吧。”

过了一会儿我说道：“也许他希望我认为是我自己做到的，给我信心。我不知道。但我跟他说了，我说我照着该做的步骤做了，但没有任何感觉。我想让他告诉我，当他运用灵能的时候是什么感觉，他却说不出来。但你听着，当灵能在你身上流过的时候，你肯定会知道！一定会！我作出一首诗的时候，那种力量充斥了我的全身，我就知道了。我知道是什么样的！但如果我照着父亲教我的方法，试着去运用那种灵能，用我的眼神、手势、言语和意志，什么感觉也没有，没有任何感觉！我那时从来没感觉到！”

“就算……就算在那儿，在白蜡溪那里？”

我犹豫了。“我不知道。”我说，“我太生气了，气我自己，气我父亲。那种感觉很奇怪，就像被卷进风暴里，在一阵狂风里面。我试着攻击，但没有任何效果。结果狂风骤起，我睁开眼睛的时候，手还指着前面，整片山坡全都被扭曲、摧毁，变成了黑色——我还以为面前站着的是父亲，就是我手指的地方，以为他在那里萎缩、枯缩——其实是那棵树。父亲当时站在我身后。”

“那条狗，”过了一会儿，歌里用很小的声音说，“哈姆内达……？”

“当时我骑在布兰提上，哈姆内达冲向它的时候，布兰提受惊了。我只知道自己极力保持在布兰提背上，让它不要暴跳。就算我看了那条狗，我自己也不知道。但父亲当时骑着灰鳖，在我身后。”

我突然沉默了。

我把手放在眼睛上，好像要遮住它们，然而它们本来就被蒙眼布遮住了。

歌里说：“可能是……”但没往下说。

“可能是父亲。每次都是。”

“但是……”

“我知道。我一直都知道。但我不敢这么想。我必须——我必须相信那是我。相信自己拥有灵能。相信是我做了那些事情。是我杀死了那条蛇，击毙了那条狗，我能制造那种混沌。我必须相信。这样人家才会信，他们才会怕我，并且远离喀司普罗莽的边界！那不正是灵能的作用吗？它不就是用来干这个的？要的不就是这个效果？头人不就是希望为底下的人做这个吗？”

“奥莱克。”歌里说，我停住了。

她压低声音问道：“卡诺克怎么想？”

“我不知道。”

“他相信你具有灵能。不受控制的灵能。即使——”

但我打断了她的话：“是吗？抑或是他知道是他自己，他的灵能。他只是利用我，因为我没有，不具备灵能？我不能摧毁任何东西，任何人。我当个吓唬人的怪物就很好了。像稻草人那种。最好别靠近喀司普罗莽！离盲眼奥莱克远一点，要是他不蒙上眼睛，就会摧毁他看到的一切！但我不会。我没有，歌里。我没有摧毁我看到的一切。我做不到！我看到了母亲。她死的时候我看到她了。我看见了她。我没有伤害她。还有那些——书——还有煤球——”但我说不下去了。在黑暗中度过的这些年里，我没有哭出来的泪水都涌了上来，我把头埋在臂弯里，哭了起来。

煤球在我的一边，倚着我的腿，歌里在另一边，环抱着我的肩膀。我尽情地哭了出来。

* * *

那天我们没有再聊下去。我哭得精疲力竭。歌里在我头发上轻轻一吻，跟我告别，我叫煤球带我回了房间。一回到房里，我就感觉到热烘烘、湿透了的蒙眼布压在我眼睛上。我把它扯下来，也扯掉了湿湿的垫子。那是四月的下午，我有三年都没看到过那样的金色光线。我木木地瞪着那道光。我在床上躺下，闭上眼睛，重新回到了黑暗中。

第二天差不多中午的时候，歌里又来了。我蒙着眼睛站在门口，让煤球跑一跑，这时我听见星辰轻快的马蹄声踏在石头上。

我们回到菜园里，走进果树林，那儿离房子有一段距离。我们坐在一棵老树的树干上，那棵树在等着樵夫来锯开。

“奥莱克，你觉得……你自己没有灵能？”

“我确定。”

“那我想让你看看我。”歌里说。

我用了很长时间，但最后终于抬起手，解开了蒙眼布。我低头看看自己的双手。有那么一会儿，光线令我有些晕眩。地上光影遍布。一切都是明亮的，流转着，光芒闪耀。我抬头看着歌里。

她个子很高，瘦削的长脸，棕色皮肤，嘴有些宽，嘴唇很薄，眉毛弯弯的，下面是深色的眼睛。她的眼白非常清透。她的头发黑得发亮，厚厚地披散着。我朝她伸出手，她握住了我的手。我将脸埋在她手里。

“你真美。”我在她手里低声说。

她俯身亲了亲我的头发，然后又坐直了，一脸严肃，郑重其事，但十分温柔。

“奥莱克，”她说，“我们怎么办？”

我说："我要看着你整整一年。然后我就娶你。"

她吓了一跳。她往后一仰头，笑了起来。"行吧！"她说，"行！但现在呢？"

"现在怎么了？"

"我们怎么办？如果我不运用自己的灵能，而你……"

"没有灵能可用。"

"那我们算什么人呢？"

这个问题不是那么容易回答。

"我必须跟父亲谈谈。"我最后说。

"等一等吧。今天我父亲跟我一起骑马来见他。母亲昨天从格伦家回到了家里。她说奥吉·德拉姆和他的大儿子讲和了，现在跟他吵架的变成小儿子了。还有传言说奥吉在策划袭击，目标可能是罗德莽，也可能是喀司普罗莽——为了夺回那些白牛，他说那是卡诺克三年前从他手上偷去的。也就是说他会袭击我们的畜群，要么就是你们的。父亲和我来的路上遇到了阿罗克。他们这会儿都在你们北边的田野，计划怎么办。"

"我在他们的计划里要干什么呢？"

"我不知道。"

"不能吓跑乌鸦的稻草人有什么用？"

不过她说的消息虽然糟糕，却没有让我的心情变得阴沉。只要我能看见她，看见阳光照在那些枝干分杈的老苹果树上，还有远处棕色的山坡，我的心情就不会阴郁。

“我必须跟他谈谈。”我再次说道，“在那之前，我们走走好吗？”

我们站起来。煤球也站起来，头微微偏向一侧，带着担忧的神色，似乎在问：“在你们的计划里，我干什么？”

“你跟我们一起散步，煤球。”我对它说，并解开了它的绳子。就这样，我们走到峡谷那边，沿着那条湍急的小溪，每一步都充满愉悦。

歌里掐着时间离开了，以便在天黑前回到罗德莽。卡诺克直到天黑以后才回家。他要是这么晚还在外面，往往会顺路去领地里的某一个农舍，那里的人肯定对他十分欢迎，一定要留他吃饭，跟他聊聊农场里的活，还有担忧的事情。我以前有时也跟他一起，在眼睛蒙住之前。但过去这几年里，他出门越来越早，回家越来越晚，骑马出门走得越来越远，干活比以往任何时候都卖力，承担了太多的事情，让自己筋疲力尽。我知道他一定很累，听说了奥吉·德拉姆的消息之后，他的心情肯定也比以往更沮丧。但我自己的心情已经终于变得不顾一切了。

卡诺克回到家，上了楼，我在自己的房间里，压根儿不知道。我在壁炉里生了火，因为晚上已经有些冷了。借着炉火，我点亮了从厨房里偷的一支蜡烛，坐在那里，大胆地读着德尼奥斯的《嬗变》。

我意识到整个房子都静了下来，女人们可能都已经离开厨房了，于是戴好蒙眼布，叫煤球带我去塔楼的房间。

我一时眼盲，一时又能看见，可怜的狗儿对此怎么想，我也不知道。不过身为一条狗，它只会问需要实际答案的问题。

我敲敲塔楼房间的门，没人应声。我拉下蒙眼布，朝里面看去。壁炉架上的一盏油灯发出微弱的光，烟气腾腾。壁炉是黑的，散发着一股腐味，好像很久没有点过了。房间里寒气十足，冷冷清清。卡诺克仰面躺在床上，睡得很沉，穿着长袖衬衫，估计是一躺下就没动过。他身上只盖着母亲那条棕色披肩，把它拉起来盖住身体，他的手紧紧攥着披肩的边缘，放在胸前。我心里一痛，跟当时在步踏上发现那条披肩时的感觉一样。但我这会儿没法可怜他。我有一笔账要算，没有太多的勇气。

“父亲，”我说，然后叫了他的名字，“卡诺克！”

他醒了过来，用手肘支起身子，眼睛避开灯光，迷迷糊糊地看着我：“奥莱克？”

我走上前去，让他能清楚地看见我。

他又累又困，几乎有点晕乎乎的，不得不又是眨眼，又是揉眼睛，还咬了咬嘴唇，才清醒过来；然后他又抬头看了一眼，惊奇地说："你的蒙眼布呢？"

"我不会伤害你，父亲。"

"我从未觉得你会。"他说，他的语气强硬了些，但还带着那种惊奇。

"你从未觉得我会？那你从来没有害怕过我不受控制的灵能啰？"

他坐在床边。他摇摇头，抓了一把头发。最后他抬头看着我："怎么回事，奥莱克？"

"怎么回事？父亲，那就是我从来就没有过不受控制的灵能。是吗？我从来就没有任何灵能。我没有杀死那条蛇，还有那条狗，什么都没有过。那都是你。"

"你在说什么？"

"我说你骗我以为自己有灵能，而且无法控制，这样你就能利用我。你就不用因为我没有灵能而替我觉得丢脸，因为我给你的家族血统丢脸了，因为我是个没用的儿子！"

他已经站了起来，但他什么也没说，一脸迷惑地瞪着我。

"如果我拥有灵能，你不觉得我现在就会用它吗？你不觉得我会向你展示我能做到的大事，我能杀死的东西？但我没有。你没有把它传给我。你给我的，你给我的全部东西，就只有当了三年的瞎子！"

“没用的儿子？”他用怀疑的声音低声说。

“你觉得我不爱她吗？但你不让我看见她——整整一年——只有一次——在她临死的时候——因为你必须维持你的谎言，你的把戏，你的骗局！”

“我从未对你撒谎，”他说，“我以为——”他停住了。他仍然处于极度的震惊和惊骇中，忘记了愤怒。

“在白蜡溪那次——你相信是我做的？”

“是的，”他说，“我没有那样的能力。”

“是你！你心里清楚！你曾经在白蜡林画下了那条线。你在杜奈摧灭了人。你有灵能，你有毁灭的灵能！我没有。我从来就没有。你骗了我。也许你也骗了自己，因为你不能忍受你的儿子不如你的意。我不知道。我不在乎。我只知道你不能再利用我了。无论是我的眼睛，还是不让我看见的状态。它们不是你的，是我的。我不会让你的谎言继续骗我了。我不会因为你觉得丢脸就羞辱自己。你自己再找个儿子好了，反正这个不够好。”

“奥莱克。”他说，如同遭到狂风袭击一般。

“给。”我说着，把蒙眼布扔到他前面的地上。

我砰地关上门，跑下转角的楼梯。煤球极其迷惑地追着我，用示警的叫声尖叫着。它在楼梯最下面追上我，咬住了我的褶裙的下摆。我把手放在它背上，摸着它柔软的皮毛，安抚它。它咆哮了一声。它跟着我回到了房间。一进屋，我就关上了门。它躺在门前。我不知道它是在守卫我，怕有人进来，还是防着我再出去。

我把火拨旺了些，重新点燃蜡烛，坐在桌子边。那本书摊开着，那本由伟大的诗人写就的书，为我带来愉悦和抚慰的珍宝。但我现在无心去读。我的眼睛恢复如常，但我该拿它们怎么办？它们有什么用？我有什么用？现在我们是什么人呢？歌里曾经问过。如果我不是父亲的儿子，那我是谁？

17

一大早，我走出房间，来到大厅里，没有戴蒙眼布。女人们的反应一如我担心的，她们高声惊叫，从我身边跑开。拉布没有逃走，而是坚守她的阵地，用颤抖的声音说："奥莱克，你会吓到厨房的女孩们。"

"没什么可害怕的。"我说，"你们怕什么？我伤不了你们。你们害怕阿罗克吗？他的灵能都强过我！跟她们说都安静下来，回来吧。"

就在这时，卡诺克从塔楼楼梯上下来了。他用阴郁的眼神看着我们俩。

"他说你们不必害怕他，拉布。"他说，"你们必须相信他的话，我也相信。"他费力地说，"奥莱克，昨晚我没能告诉你。特诺克觉得他的白牛群可能遭到德拉姆莽的袭击。我今天要跟他一起去巡视边界。”

“我可以去。”我说。

他站在那里迟疑了一下，然后还是那副阴郁的表情说：“随你的便。”

她们从厨房里拿来了面包和奶酪，我们把东西装在口袋里留在路上吃。我没有武器，只有盲眼喀达尔德的手杖，骑马带着它很不方便。卡诺克把他的长猎匕扔给了我。我们出门时，我把那根手杖挂在前厅，就是它以前的位置。他骑上布兰提，我则骑着灰鳖，因为罗安妮从三月起就一直在围场吃草。阿罗克在院子里等我们；父亲之前叫他不要离房子太远，保持警戒，召集所有能叫到的人手，以便万一受到袭击的时候有帮手。他瞪着我，但赶紧转过了头，没有问起我的蒙眼布。

卡诺克和我快速向罗德莽出发，或者说以老灰鳖能保持的最快速度。我们一路上没有说话。

对于自己重新获得的能力，我心中狂喜。坐在马背上，不用担心自己摔下去，随着马儿一路小跑，看见明亮的世界在身边掠过，擦去眼里因为吹风而泛起的泪水，这是多么快乐的事情。像个男人一样，骑马去护卫一个朋友的领地，也许是驰向危险。跟一个我知道是勇者的男人并辔骑行，无论他在其他方面为人如何，他都是最勇敢的人。他坐在那匹漂亮的红色马儿上，姿态挺拔而轻松，望着前方。

我们骑马来到了罗德莽的西南边界，在我们领地的边界附近跟特诺克会合。天还没亮他就已经在那儿了。昨晚有个农夫的儿子给他带信，那是农奴或农夫们口口相传捎来的信，说有一队骑马的人正穿过基里莽，往我们这个方向来，沿着他们说的森林小路。

特诺克和他带的人都看着我，也像阿罗克一样，没有问什么问题。他们无疑是觉得，或者希望，我已经学会了运用自己的灵能。

“没准老艾罗义会觉得德拉姆莽那些人擅闯他的地盘，把他们拧成麻花。”特诺克的幽默让人有点消化不来。卡诺克没回答。他十分警觉，但心不在焉，似乎沉浸在某种幻象中，只会出言确认特诺克的指令。

我们一共有八个人，边界的农场还有四个人估计能来。特诺克的计划是，我们应该散开，但保持在能听见打招呼的距离，并注意警戒。在德拉姆莽的人最有可能进入的那些地方，特诺克和卡诺克会负责守卫。我们这些人里面，只有拿刀或猎野猪的长矛做武器的在他们的侧翼，而拿着长弓的两个男人站在最后。

于是，我们在杂乱的树林边缘那些长着草、遍布沼泽的空地和小山丘上散开。我左边是特诺克手下的一个农夫，右边则是卡诺克。我们要彼此保持在视线之内，这对我来说很容易，因为我在一处小丘上，两边的视野都很清晰，还能看到树林里的情形。我还经常看到特诺克，他在卡诺克另一边地势有些高的地方。现在天已经大亮，但天色灰蒙蒙的，十分寒冷。不时有一阵雨洒过山头。我从灰蹩上下来，让它休息吃草，我自己站着朝南边、西边和北边眺望。注意看！用我的眼睛！有点儿用，不要当个蒙着眼睛、被女孩子和狗领来领去的笨蛋！我没有灵能又怎么样？我有眼睛能看，还有我的怒气，还有一把刀。

时间一点点过去。我吃掉了最后一点面包和奶酪，真希望我再多带一倍就好了。多带两倍。

时间一点点过去，我困意上涌，也觉得这样很傻，站在山上，在一匹老马旁边，等的却是一场空。

时间一点点过去。太阳已经快落山了。我来回踱步，背着自己能记得的《嬗变》开头的内容，还有母亲抄录过的宗教诗歌，希望自己能有点东西吃，什么都行。

我左边低一些的地方有个穿黑色袍子的身影，是那个农夫，他已经坐在一处草丛里，他的马吃着草。

我右手边的树林边缘那个穿黑色袍子的身影则是我父亲，骑在他那匹高大的红马上，来回溜达，在树林里进进出出。我看见树林里有另外几个身影朝他移动，那是步行的人。我瞪着他们，眨了眨眼，然后用最大的声音高喊：“卡诺克！在你前面！”

我跑向灰鳖，把它吓了一跳。它先闪了一下，我没能拉住缰绳。我笨拙地翻身上马，往山丘下面冲去，踢着马让它快跑。

我已经看不见卡诺克了，也没看到我之前看见的那些人——我看见他们了吗？灰鳖脚下一滑，在山丘下面绊跌了，那里对它来说太陡了。我们最后终于到了地面，那儿全是沼泽和泥潭，我看不见前面有人。我催马向树林而去，终于到了干一些的地面上。我刚刚意识到灰鳖左前腿有点跛，就看见我前面的树林间有个人。他拿着一张弩，正在上弦，瞄向我的右边。我骑马直冲向他，高声大叫着。这匹老牡马没受过战斗的训练，突然转向想避开他，但动作笨拙，一只后蹄踢倒了他，继续朝树林里奔去。我们经过了地上的什么东西，一个不成人形的男人，像瓜一样被劈开了。我们又经过另一个男人，如同黑色袍子盖住的一堆垃圾。灰鳖一拐一拐地跑出了树林，重新来到空地上。

我看见父亲在我前面不远的地方。他正拨转布兰提的马头，重新对着树林。他高高举起左手，脸上闪现着既狂怒又愉快的神色。然后他的表情变了，他朝我这边看了一下，我不知道他是否看到了我；然后他一弯腰，从马鞍侧面朝着前方滑了下来。我以为他是故意的，不知道他为什么这样做。布兰提依然站着，因为它受过训练。我听见背后和左边有人高声大叫，但我骑马朝着父亲那边而去。我从灰鳖的背上滑下来，跑向他。他躺在马旁边泥沼的草上，一支弩箭插在他的肩胛骨之间。

特诺克在那里，他手下的其他人也在，还有我们的一个人，大家全都围过来，高声叫着，说着什么。一些人跑进树林里去了。特诺克跪在我身边。他把父亲的头抬起来一点，说道：“噢，卡诺克，卡诺克，伙计，你可别这样，不要。”

我说：“奥吉死了吗？”

“我不知道，”特诺克说，“我不知道。”他环顾四周。“找人来帮忙。”他说。

那些人还在大叫。“是他，是他。”其中一个人跑向我们，喊道。布兰提嘶鸣起来，前腿腾空，抗议这番混乱。“那条毒蛇，那条肥胖的毒蛇，他整个人炸开了，死了，消殒了！旁边是他那个偷牛的杂种儿子！”

我站起身，走向灰鳖。它瘸着腿站在那里，左前腿没有支撑身体。我牵着它走到布兰提那边，这样就能同时掌控两匹马。

“我们能不能把他放在小马背上？”我说。

特诺克抬头看着我，仍然迷惑不解。

“我想把他带回家，”我说，“我们能把他放在小马上吗？”

有更多的人在叫，更多的男人来来去去，跑个不停，最后终于有人拿来了一块木板，那是一条小溪上当人行桥用的。他们把卡诺克放在上面，就这样抬着他，走过长长的山丘，到了罗德莽。他们让他仰面躺着，因为弩箭直接穿胸而入，箭尾留在前面。我走在他身边。他的脸平静而安详，我不想合上他的眼睛。

18

喀司普罗莽的墓地在石屋南边的一处山麓，对着艾恩山棕色的山坡。我们把卡诺克埋在那里，挨着梅乐的墓地。在将他放入墓穴时，我把梅乐那条棕色披肩盖在他身上。领头为他哀悼的不是帕恩，而是歌里。

像那次猎野猪的时候一样，奥吉的突袭也组织不力，分散成了两帮人。一帮人在基里莽迷了路，在我们的边界那里冒出来，他们什么也没做，只点着了一座谷仓；我们的农夫把他们赶走了。奥吉和哈尔巴一直沿着那条森林小道而行，有十个人跟着他们，其中五个是弩手。卡诺克摧毁了奥吉和他儿子，还有其中一个弩手。其余的人逃走了。罗德莽的一个农夫的儿子追得太远，进了树林里，他们在那里对付他。他用猎野猪的长矛伤了一个，后来才被那些人打倒。因此这次袭击最终死了五个人。

过了一段时间，德拉姆莽传来消息说，丹诺和她儿子塞卜希望结束这场纷争，要求喀司普罗莽给他们送一头白色小牛去，那是卡诺克答应过的，以此作为讲和的标志。他们让信使带来了一匹漂亮的红色小马。我们派了人将白牛送到德拉姆莽，我也骑马跟去了。

看到我曾经到过但没看过的那些房间，还有我只识其声、未见其面的那些人，感觉很怪。但那一次，我没有太大的感受。我完成了要做的事情就回家了。

我把那匹红色小马给了阿罗克。现在我骑的是布兰提，因为当时匆忙下山的时候，灰鳖的腿扭伤太厉害，没法恢复了，现在它也跟罗安妮一起在休养的围场吃草。我差不多每天都会去看它们，带满满一锅燕麦。它们很高兴能在一起，我经常发现它们站在一起，就像马儿惯常的那样，紧紧地挨着，从鼻子到腹部都贴在一起，它们的尾巴拂动着，驱赶五月间的苍蝇。我喜欢看到它们这样。

无论我是步行还是骑马，煤球都一路小跑地跟着，不用系绳子。

在有人去世后，高地的习俗是有一年半不能出卖财产或分家，不能办喜事，不能办什么重要的事务，也不能有很大的改变。在这段时间里，生活依然如常，尽可能地如常，而过了这段时间，必须做的安排也都做好了。这是不错的习俗。在与德拉姆莽讲和的问题上，我必须有所行动；对其他事情，我不闻不问。

阿罗克接替了父亲的责任，照料整个领地，而我承担起了阿罗克先前作为助手的职责。他不这么看，他觉得自己是在协助头人的儿子。但只有他才知道，必须做什么，要怎么做。我整整三年里什么也没做，而在那之前也只是个孩子。无论是这里的人、土地还是牲畜，阿罗克都了如指掌。我不了解。

歌里现在不怎么骑马来喀司普罗莽了。我每半个月骑马去罗德莽两三趟，跟她和特诺克一起坐坐，还有帕恩，如果她也在的话。特诺克每次都紧紧地、用力地拥抱我，说我跟他的儿子无异。他对卡诺克满怀热爱和崇敬，为他哀痛不已，想让我接他的位子。帕恩仍一如既往地忙个不停，很少开口。歌里和我很少单独说话；她性情温和，沉默寡言。我们有时会骑马出去，她骑着星辰，我骑着布兰提，让年幼的马儿们在山上跑一跑。

那个夏天气候很好，收成不错。到了十月中旬，庄稼都收割了。我来到罗德莽，问歌里要不要跟我一起骑马。她走了出来，给她那匹漂亮的、会跳舞的母马上好鞍，我们沿着峡谷骑行，沐浴着金色的阳光。

在瀑布那里的水潭边，我们让马儿自己在岸上吃草，那里的草还是绿的，长得很茂盛。我们沐浴着阳光，坐在水边的石头上。黑柳的枝条随着瀑布带来的风晃来晃去。那只会唱出三个音调的鸟儿没有出声。

“很快要结婚了，歌里。”我说，“但我不知道我们还能做什么。”

“没什么可做的。”她也同意。

“你想留在这里吗？”

“留在罗德莽？”

“或者喀司普罗莽。”

过了一会儿，她说：“还能去哪儿？”

“嗯，我是这么想的。喀司普罗莽没有头人，阿罗克是负责打理领地的人。他可能会把它并到罗德莽，受你父亲的庇护。我觉得这样对双方都挺好。阿罗克下个月要娶拉布了，喀司普罗莽的石屋应该归他们。也许他们会生个具有灵能的儿子……”

“如果领地合并了，你可以跟我们住在这里。”歌里说。

“可以。”

“你愿意吗？”

“你希望我这样吗？”

她沉默不语。

“我们在这儿能做什么呢？”

“跟现在一样。”过了一会儿，她说。

“你愿意离开吗？”

大声说出这句话比我想象的更难。比起在脑子里想，说出来的感觉更奇怪。

“离开？”

“去低地。”

她没说什么。她朝波光粼粼的潭水望去，眼光落在更远的地方。

“埃蒙偷了汤匙，但也许他说的是真的。我们能做的事情在这里毫无用处，但在那边，也许……”

“我们能做的事。”她重复道。

“我们两人有各自的灵能，歌里。”

她瞥了我一眼。她重重地、缓慢地点了点头。

“没准鱼藤水的城市里还有我的外祖父母。”

这时她瞪大眼睛看着我。她从没想到过这一层。她吃惊地笑了起来：“还别说，真的呢！你可以出其不意地走进去，然后说：‘我来了，你们的巫师外孙！’噢，奥莱克。那太怪了吧！”

“他们可能会这么觉得。”我拿出挂在脖子上那条银链上的蛋白石给她看，“不过我有这个。还有她告诉过我的那些事……我想去那里。”

“你要去吗？”她的眼睛闪出了光彩。她想了一会儿说道，“你觉得我们能谋生吗？像埃蒙说的那样？我们必须得生活。”

“嗯，可以试试。”

“如果不能，我们可是在陌生人中间，全都是不认识的人。”

那是高地人最大的恐惧：在陌生人中间。但在哪儿不是这样呢？

“你可以替他们驯马，我给他们讲诗歌。如果我们不喜欢那些人，我们就搬走。如果我们一点儿也不喜欢他们，还可以回家来。”

“我们可能走到海边呢。”歌里说，现在她的目光远远地穿过了阳光和摇摆不定的柳枝。然后她撮口为哨吹出三个音调，那只小鸟应声了。

* * *

我们是在四月离开的，我们的故事到此为止，在南面穿过重重山丘下山的那条路上，一个年轻男子骑着高大的红色马儿，一名年轻姑娘则骑着枣红的牝马，还有一条黑狗跑在他们前面，在他们后面安静地跟着的则是全世界最美的牛。那是我的领地给我的结婚礼物，银牛。这礼物似乎不是那么实用，直到帕恩提醒我们，我们会需要钱，而在杜奈可以把这头牛拿去卖个好价钱，那里的人可能还记得喀司普罗莽的白牛。“也许他们还记得他们给了卡诺克什么。”我说。歌里则说道：“然后他们会知道，你是那份礼物带来的回馈。”